COLLEC

Alessandro Baricco

L'âme de Hegel et les vaches du Wisconsin

*Traduit de l'italien
par Françoise Brun*

Gallimard

Titre original :
L'ANIMA DI HEGEL E LE MUCCHE DEL WISCONSIN

© *Garzanti Editore s. p. a. 1992, 1996.*
© *Éditions Albin Michel S. A., 1998, pour la traduction française.*

Écrivain et musicologue, Alessandro Baricco est né à Turin en 1958. Dès 1995, il a été distingué par le prix Médicis étranger pour son premier roman, *Châteaux de la colère*. Avec *Soie*, il s'est imposé comme l'un des grands écrivains de la nouvelle génération. Il collabore au quotidien *La Repubblica* et enseigne à la Scuola Holden, une école sur les techniques de la narration qu'il a fondée en 1994 avec des amis.

« *La musique [doit] soulever l'âme au-dessus du sentiment dans lequel elle est plongée, la faire planer au-dessus de son contenu, lui constituer ainsi une région où elle demeure détachée du sentiment qui l'absorbait et puisse se livrer à la pure perception d'elle-même.* »

G.W.F. HEGEL, *Esthétique*

« *La production de lait augmente de 7,5 % chez les vaches qui écoutent de la musique symphonique.* »

(d'après un mémoire
de l'université de Madison,
Wisconsin)

Note introductive

Quelquefois, hasarder des réponses est seulement une manière d'éclaircir pour soi-même des questions. C'est le cas, par exemple, avec ce livre. À le lire, on pourrait croire plutôt à une collection de certitudes : mais l'écrire était d'abord une manière de pointer quelques doutes. Des questions qui devraient se poser spontanément à tous ceux qui, par amour ou par métier, fréquentent la musique cultivée : cela veut dire quoi, aujourd'hui, de parler encore d'une suprématie culturelle et morale de cette musique ? La manière dont on la consomme, est-ce la reproduction de rituels anachroniques, ou quelque chose qui a à voir avec notre époque ? Et la Musique Contemporaine — totem incontesté, et encombrant —, est-ce une aventure intellectuelle de la modernité, ou une tromperie particulièrement sophistiquée ? Est-ce que continuer, aujourd'hui, à écrire de la musique a un sens, ou est-ce que c'est seulement un exercice gratuit, destiné à quelques élus qui ont dressé leur tente à l'extérieur du monde ?

On dirait des questions différentes, mais ce ne sont que les faces différentes d'une même interrogation : comment l'*idée* et la *pratique* de la musique cultivée ont-elles réagi face au choc de la modernité ? Les quatre textes présentés ici ébauchent quelques réponses possibles, mais cherchent avant tout une manière d'énoncer la question, en l'élevant un peu au-dessus des bavardages de foyer des artistes, et en essayant de lui donner une solidité théorique capable de résister aux agressions d'une réflexion authentique. J'aimerais qu'on les lise comme de longs aphorismes : l'instant fragile où la réflexion s'élance, s'appuyant parfois sur le paradoxe, usant d'articulations faibles ou hasardeuses, s'autorisant la provocation, et cherchant le fracas des vérités nouvelles, provisoires. C'est la limite et en même temps la force de tous les aphorismes : par le pouvoir aigu et frêle de l'intuition, bousculer la pensée immobile. L'aphorisme, même quand il se présente sous la forme d'un jugement définitif et péremptoire, ne fait pas autre chose qu'*inaugurer* la réflexion : jamais la conclure. Les pages qui suivent ressortissent exactement de cette technique, celle de la guérilla théorique. Par les chausse-trappes de l'*interrogation*, il s'agit de déranger un système établi, fait de certitudes inébranlables. Même lorsque ces pages inventent des réponses, elles ne font en réalité que les attendre.

Quelques points de vocabulaire, pour qu'on parle de la même chose.

J'ai utilisé le terme de *musique cultivée* pour désigner ce que d'autres appellent la *musique classique* ou la *grande musique*. Les expressions se valent. J'ai seulement choisi celle qui m'a semblé un peu moins vague que les autres.

Dans le troisième chapitre, il est question de musique contemporaine. L'étiquette de *Nouvelle Musique (Neue Musik)* désigne cette tradition qui, issue des avant-gardes viennoises, a transité par l'école de Darmstadt avant d'être revisitée par ce qu'on a appelé les secondes avant-gardes.

Il est clair que le XXe siècle musical n'a pas uniquement vécu sur cette tradition-là, et que des chapitres importants de son histoire ont été écrits par des auteurs qui avaient et ont avec elle des relations ambiguës, si ce n'est conflictuelles. Mais dès qu'on s'interroge sur la musique contemporaine, c'est cette tradition-là qui, toujours, finit par se retrouver au centre de la réflexion. J'ajoute que certaines remarques sur l'environnement social et culturel dans lequel cette musique s'est développée reposent essentiellement sur une analyse de ce qui s'est passé en Italie. Le reste de l'Europe, et à plus forte raison les États-Unis, pourraient donner lieu à des réflexions différentes. Et j'espère que ce sera le cas.

Enfin : j'ai utilisé le terme de *modernité* dans un sens très large et, je dois le dire, un peu vague. Dans d'autres domaines — et en particulier dans le domaine philosophique — il aurait été indispensable d'être plus précis. Il est évident qu'une bonne part des réflexions faites dans ce livre concerne un phénomène qu'il aurait été plus exact d'appeler *post-moderne*. Mais le monde de la musique cultivée, amateur raffiné du passé, n'est pas très familiarisé avec les modes de pensée actuels. J'ai trouvé plus utile de poser le problème le plus simplement possible. J'ai donc utilisé le terme œcuménique de *modernité* en référence à ces horizons nouveaux ouverts par le déclin du scénario idéologique et social à l'origine même de l'invention de cette idée de musique cultivée (la bourgeoisie du XIXe siècle, le romantisme, l'idéalisme). Ces horizons nouveaux s'étendent en réalité, je le sais, sur des décennies (pratiquement tout le

XXe siècle) et présentent une palette infinie de nuances : mais les prendre toutes en considération n'aurait fait qu'obscurcir les choses.

Et, pour finir : il en va de la modernité comme du jazz : « Si tu dois te demander ce que c'est, alors tu ne le sauras jamais » (Louis Armstrong).

A.B.

1
L'idée de musique cultivée

Un peu comme celles de certains empires immenses du passé, les frontières de la musique cultivée ont quelque chose d'à la fois hypothétique et absolument certain. Personne ne sait exactement où elles sont, mais elles sont forcément quelque part. Il y a, d'emblée, une géographie de l'expérience musicale qui trace et entérine des frontières tatillonnes et infaillibles : celles qui, quoi qu'on fasse, attribuent à Brahms et aux Beatles des paysages et des idiomes différents. Mais les cartes de ce monde-là restent plus ou moins fantasmagoriques, volontairement imprécises, et toujours provisoires. Elles servent surtout aux industriels de la culture, qui, avec une impassibilité obtuse et efficace, les donnent pour vraies et délimitent à partir d'elles une répartition des marchés qui s'est montrée brillamment fonctionnelle. Quant au public, il s'adapte de bon gré, rassuré par un système qui encadre utilement ses besoins sans contredire ceux que lui propose la fréquentation paisible des supermarchés.

Comme souvent, le fait que le système soit infondé ne l'empêche pas de fonctionner : en vertu d'une loi à laquelle la philosophie, cette science des fondements, a fini elle aussi par souscrire. Mais, comme souvent également, on a tendance à oublier ensuite que les prémisses étaient infondées, et à attribuer une valeur de vérité à ce qui, au départ, était une convention. Opération dans laquelle se distingue particulièrement, par son obstination et sa pédanterie, le consommateur de musique cultivée. C'est lui, avant tout, qui craint une redistribution des cartes, et tend à considérer l'ordre établi comme un *a priori* non discutable, et vrai. Pour une raison simple : le consommateur de musique cultivée est persuadé, et pas entièrement à tort, d'habiter, dans le monde de la musique, la Suisse. Une oasis dans l'océan de la corruption du goût. En défendant l'ordre établi, c'est sa propre différence et suprématie qu'il défend.

Plus qu'on ne veut généralement l'admettre, c'est là en vérité une croisade dont l'énergie égale l'aveuglement : le consommateur de musique cultivée défend quelque chose qu'il ne connaît pas. Et comme pour certains empires immenses dans le passé, il est plus facile de trouver quelqu'un prêt à se battre pour les frontières du royaume que quelqu'un qui les a déjà vues, ces frontières. Quant à la *différence* et à la *suprématie* culturelle supposée de la musique cultivée, il est rare qu'on s'interroge sur cette question d'une manière rigoureuse et innocente : ce sont des slogans sans fondement, des oreillers théoriques pour les rêves de bonne conscience des abonnés de concerts. Les théoriciens professionnels eux-mêmes sont plutôt embarrassés pour avancer des justifications plausibles. Pourquoi les gens eux-mêmes devraient-ils être capables de le faire ?

Si on leur demandait, à ces gens-là, les gens qui vont au concert, ce qui distingue la musique cultivée de la musique populaire/légère, Berio de Sting, et Vivaldi d'Elvis, on aurait peut-être une meilleure idée de la quantité de malentendus qui circulent. On peut supposer qu'avec cette intelligence synthétique qui est la contrepartie de la déshabitude de réfléchir, ils trouveraient des arguments, du genre « la musique cultivée est plus difficile, plus complexe », ou bien « la musique légère n'est qu'un phénomène de consommation, alors que la musique classique a un contenu, une nature spirituelle, idéale ». Des phrases qui ont ceci de commun avec tous les clichés qu'elles énoncent, bien que faussement, une vérité. On y reconnaît les deux volets d'une même conviction : la musique cultivée doit sa *différence* et sa *suprématie* à la capacité qu'elle a d'échapper — grâce à l'articulation supérieure de son langage — aux contraintes de l'immanence, et d'ouvrir sur un au-delà mal identifié mais plus ou moins conjugable avec des mots tels que « cœur », « esprit », « vérité ». Avant de se demander si cela est vrai ou faux, il faudrait se demander comment on en est arrivé là. Ce préjugé, comme tous les préjugés, a son histoire à raconter.

Il est loisible d'affirmer que sa création est due au romantisme ; et plus précisément à son proto-martyr : Beethoven. Lequel a eu sans doute dans l'histoire de la musique une fonction semblable à celle que Nietzsche attribuait à Socrate dans l'histoire de la philosophie : celle de sacraliser une pratique qui avant lui était spécifiquement laïque, pour ne pas dire commerciale. Avec Beethoven se superposent pour la première fois, légitimés par le génie, trois phénomènes majeurs : 1) le musicien veut échapper à une conception strictement commerciale de son travail ; 2) la musique ambitionne, y compris de manière explicite, un sens spirituel et philosophique ; 3) la grammaire et la syntaxe de cette musique atteignent une complexité qui défie souvent les capacités réceptives d'un public normal. Trois éléments, on le voit, étroitement soudés, et qui se justifient les uns les autres : chacun d'eux, isolé, ne serait qu'excessif et vain. Mais, soudés par cette nécessité mutuelle, ils se sont cristallisés en modèle. Ils ont imposé une formule qui, avec la complicité de la fascination pathétique exercée par son créateur (le génie rebelle, malade et seul), a conquis l'imaginaire du public naissant, le public bourgeois, apportant ainsi à la musique jouée dans ses salons une identité électrisante qui répondait à ses aspirations générales de noblesse.

Idéologiquement, c'est à ce moment que naît l'idée de *musique cultivée*. Elle naît pour enregistrer l'écart soudain qui voit une tradition musicale se placer au-dessus des autres et s'attribuer, en plus de la suprématie sociale, une suprématie spirituelle. Jusqu'à ce moment-là, finalement, on se contentait, pour définir cette tradition, de la belle formule du XVIe siècle, celle de *musique réservée*, manière élégante d'entériner une ségrégation sociale dorée. Mais le modèle beethovénien élève cette vocation élitiste au-dessus des limites prosaïques du patrimoine ou du sang. La *musique cultivée* est la *musique réservée* d'une humanité cherchant un en-plus au divertissement et en route sur les chemins de l'esprit. Si le public sélectionné de cette tradition musicale pouvait s'arroger une suprématie du goût, il pouvait à présent, avec légitimité, prétendre également à une suprématie culturelle et morale.

Rien de tout ceci ne serait arrivé si le monde romantique n'avait pas d'instinct élevé au rang de modèle le cas Beethoven : qui aurait tout aussi bien pu rester l'exception, due à l'hypertrophie d'un génie. Mais il devint une matrice idéologique, qui non seulement fut adoptée par les romantiques comme justification fondatrice de leur propre paysage sonore, mais fut rétroactivement et par traîtrise appliquée à des générations innocentes de musiciens du XVIIIe siècle : ceux qui mangeaient à la table des domestiques, et gagnaient leur pain en écrivant ni plus ni moins qu'une bonne musique de consommation. Des siècles d'artisanat raffiné se virent ainsi, d'un seul coup, transformés en *art*. Pour l'entreprise toute neuve de la musique cultivée, c'était une manière de revendiquer des ascendances nobles et lointaines : stratagème candide, dans lequel il n'est pas difficile de reconnaître la patte du principal sponsor de l'entreprise, autrement dit la bourgeoisie, occupée alors à donner l'assaut au Palais, et aussi riche en argent que pauvre en quartiers de noblesse.

Pour résumer en termes simples, le modèle beethovénien, tel que breveté par les romantiques, imposait l'image d'une musique s'élevant au-dessus de la logique commerciale, et contrainte, sous la pression de son contenu spirituel, de complexifier merveilleusement son langage. Bref : une musique engagée, spirituelle et difficile. C'est exactement le portrait-robot dans lequel son public actuel reconnaît la musique cultivée et qui justifie à ses yeux sa différence et sa suprématie. Près de deux siècles se sont écoulés, mais le modèle reste le même : passivement accepté et retransmis avec une discipline obtuse. Entre-temps, le sujet social de cette formule (la bourgeoisie du XIXe) a disparu, les mots qui la composent se sont éteints (qui sait aujourd'hui ce que le mot « esprit » veut dire ?), les paysages théoriques qui la nourrissaient (le romantisme, l'idéalisme) se sont délités. Et pourtant, telle une formule magique, on continue de la répéter, avec une foi imperturbable, comme si rien ne pouvait l'empêcher de renouveler le sortilège éternel. Qu'y a-t-il donc de scandaleusement absurde, et pourtant de raisonnable, dans un pareil geste ?

Cela peut paraître évident mais il faut tout de même le rappeler : avant Beethoven, il n'y avait pas Beethoven. Son travail a généré une idée de la musique qui, avant lui, n'existait pas. Ce qu'offrent ses œuvres, c'est le spectacle rare du moment où une idée surgit du néant et *devient*. C'est le miracle de la « première fois », quand l'énigme d'un événement inédit nécessite l'apparition d'un nom. Mille choses aujourd'hui s'attachent à un terme comme celui de *nostalgie*. Mais il faut s'imaginer la première fois où apparut quelque chose de tellement inguérissable qu'il fallait la suture d'un nouveau nom. L'instant où l'on fut obligé d'inventer le terme de *nostalgie*. La première fois. C'est dans ces moments-là, vraiment, que le lien fragile entre le réel et les idées est le plus authentique. Une idée comme celle de la musique cultivée connaît un moment unique de vérité pendant le temps, ici des décennies, où elle est la réponse de l'expérience à une réalité qui échappe à toute nomination. Pour le XIXe siècle romantique, nommer cette réalité et tenter de la codifier était une manière de découvrir ce qui constituait son propre présent, et de fonder son identité. Mais ce qui crépite de vérité dans la formule de ce chemin collectif de découverte pâlit à mesure qu'on s'éloigne du moment de son authenticité originelle. Et c'est cela qui, aujourd'hui, est érigé en système, sans que personne s'en avise. Ce qui au XIXe siècle était à la fois découverte, nom et idée devient aujourd'hui une mystification, à force d'être repris comme un mot d'ordre qui se dispense d'être vérifié. Ce qui à cette époque-là était révolution à construire devient aujourd'hui un anachronisme réactionnaire parce que imposé comme précepte gratuit, slogan publicitaire imbécile plaqué sur une marchandise dont on veut prolonger l'attrait. Dans l'enthousiasme complaisant de l'abonné auquel les décibels mahlériens donnent des frémissements de gastronome et qui est persuadé de se livrer à une activité objectivement supérieure à la simple dégustation d'un généreux livre de cuisine, s'entendent clairement les sonorités étouffées de l'imposture. Dans la sanctification d'une certaine musique contemporaine, directement propulsée en orbite autour de la planète « esprit » par la seule vertu de sa complexité et par son exil volontaire du cercle infernal des impératifs commerciaux, se cache quelque chose qui est à l'évidence une malhonnêteté pure et simple. Dans le bond hystérique du mélomane qui se lève au énième aigu du ténor s'exprime quelque chose que lui seul, et sans pouvoir l'expliquer, serait capable de distinguer des hurlements d'un supporter de football.

Aussi désagréable à dire que ce soit, l'idée même de considérer la musique cultivée comme une « valeur » à mettre en avant et à défendre est une idée qui, si elle s'appuie uniquement sur des slogans passivement répétés, n'a aucune légitimité. On ne comprend pas pourquoi il faudrait tant se féliciter de voir, par exemple, des jeunes gens remplir une salle de concert. Quelqu'un peut-il réellement expliquer en quoi un jeune homme qui préfère Chopin aux U2 devrait être un motif de consolation pour la société ? Est-on vraiment si sûr que le meilleur endroit pour être là où le présent se fait soit un auditorium, et non une salle de cinéma ou les trottoirs d'une rue ? Autant de fausses vérités entretenues, comme souvent, par un moralisme souterrain et tenace. Le même qui fait imprudemment utiliser la musique cultivée comme le catalyseur d'une prétendue humanité meilleure. Là encore, c'est le totem beethovénien qui fait loi : depuis l'*Hymne à la joie*, c'est comme si la musique cultivée était devenue la langue officielle des moments de bonté du monde. Mais ce qu'il pouvait y avoir d'authentique dans ce rite choral originel (ce dont on pourrait d'ailleurs discuter) ne le reste pas à tout jamais : il ne suffit pas pour le faire revivre de répéter le rite devant le mur de Berlin qui tombe. Sous la pression du moderne, cette musique a violemment explosé, envoyant des particules dans tous les recoins de l'imaginaire : ce n'est pas par hasard qu'on la retrouve indifféremment comme *jingle* de l'Europe unie et comme accompagnement sonore des violences sadiques d'*Orange mécanique*.

Sans hésitation, pourtant, le monde de la musique cultivée continue à se considérer comme culturellement et moralement *différent*. Et, tout compte fait, supérieur. Il ne faut pas sous-estimer l'aspect réactionnaire, bien que naïf, de ce préjugé. L'instinct qui transparaît est de considérer un certain type de tradition et de répertoire musical comme une sorte de réservoir intouchable de valeurs parmi lesquelles puiser, loin de la corruption du moderne. Une assurance permanente contre la dégradation de certaines institutions spirituelles et morales rongées par les acides du Temps. La musique cultivée finit par être vécue comme un lieu séparé dans lequel survivent, inattaquables et magnifiques, catégories morales et totems culturels. L'illusion est qu'il suffirait de pénétrer dans une salle de concert pour accéder automatiquement à ce lieu séparé. Ce que l'on consomme, en se plaçant ainsi hors du chaos du présent, encore tout à déchiffrer, c'est une « vérité » diaphane conservée comme dans l'eau-de-vie par la pratique du concert.

Ainsi c'est toute la musique cultivée, depuis les madrigaux du XVIe siècle jusqu'à l'ultime Strauss des quatre derniers *Lieder*, qui devient une gigantesque toile d'araignée dans laquelle sont englués des mots d'ordre, des sentiments, des vérités, des idéaux, momifiés et offerts à la consommation sans risque d'une humanité qui a besoin de se sentir meilleure. Le cœur de ce mécanisme est une astucieuse mise à l'écart du présent. De fait, l'idée de musique cultivée telle qu'elle est entretenue le plus souvent aujourd'hui correspond à un système où les aspirations à quelque chose d'élevé capable de démentir la misère du réel sont canalisées au-delà du monde auquel on appartient, pour être satisfaites dans une sorte de parc naturel, réplique d'un monde disparu. Pour le peuple de la musique cultivée, le centre de gravité de l'Histoire penche inexorablement vers l'arrière. Il n'y a quasiment pas de consommation de cette musique qui ne soit un mouvement secret de résistance au courant de l'époque. Traqué par la modernité, le consommateur de musique cultivée rame vers l'arrière avec une grande dignité, rêvant du calme paradisiaque d'une source qui ne cesse de s'éloigner. Par ce contre-mouvement, précisément, il vide de toute valeur une tradition musicale immense, s'enfermant, et enfermant cette tradition, dans un passéisme raffiné et inutile. Dans le geste qui la mythifie et la place en dehors du temps, la musique cultivée meurt, et meurt avec elle le patrimoine de désirs et d'espoirs qu'elle incarnait au moment où elle naquit. Elle reste un *hobby* parmi d'autres, un passe-temps juste un peu plus distingué.

Rien ne peut sauver la musique cultivée du triste destin qui la noie dans une pratique obscurantiste et mensongère, si ce n'est l'instinct qui la fait entrer en court-circuit avec la modernité. Elle doit redevenir une *idée qui devient*, et non un mot d'ordre qui se vide avec le temps. Il n'y a pas d'autre moyen de sauver la part d'utopie inscrite en elle et que le sens commun devine : sa tendance objective à ne pas se laisser engloutir dans une consommation immédiate, et à se référer à un au-delà énigmatique et précieux. Le sens commun perçoit cette chance donnée là de racheter l'insignifiance de ce qui — simplement — est, mais il s'en fait aussitôt déposséder en la prenant comme réalité gratuite, anéantissant immédiatement sa force de subversion. La *Cinquième* de Beethoven aussi bien que la plus larmoyante des *Valses* de Chopin continuent de regarder au-delà du regard qui les interroge. C'est cela, la *différence* ineffaçable que ces œuvres portent en elles. Mais si cet au-delà est concocté en formule, agrafé sur les billets d'entrée comme cadeau de bienvenue pour les esprits paresseux, la *Cinquième* de Beethoven et la *Valse* de Chopin ne sont plus alors que des cartes postales d'elles-mêmes : et elles redeviennent des marchandises, muettes absolument, alignées sur la discipline de ce qui est, simplement. Or dans ces œuvres une force se cache, capable de « percer » le rideau du réel, et de donner une voix à la prétention légitime que ce qui est ne soit pas tout. Mais les transformer en icônes pour une mythologie fatiguée revient à les dompter, à les enfermer dans le parc naturel d'une spiritualité du dimanche.

L'idée de musique cultivée agonise dans cette pratique qui la pose en valeur absolue et la transmet stupidement comme le privilège d'une assemblée de morts vivants. Mais la musique qui jadis avança cette idée pour nommer sa propre énigme est toujours là, et elle attend de chaque époque qu'elle revienne libérer sa force de subversion. La *différence* et la *suprématie* auxquelles elle continue de prétendre ne doivent pas être prises comme une donnée de fait, mais comme quelque chose de problématique qu'on est appelé à lui arracher, chaque fois comme si c'était la première. En un mot : ce n'est pas un *fait*, c'est un *devoir*. Une hyperbole à accomplir, nullement évidente, et cependant possible. Accueillie d'une manière capable de la métaboliser à travers les instruments et les scénarios de la modernité, cette musique pourrait être à nouveau entendue comme *différente*. Personne ne peut dire ce qui d'elle resterait debout. Le moins qui puisse lui arriver, sous l'onde de choc de la modernité, est que sa géographie en sorte défigurée. Mais la silhouette défaite de ses ruines serait à son tour, et à nouveau, une *figure*, et une figure du moderne cette fois, pas une icône sacrée léguée en héritage. Un nom qui prend naissance, pas un slogan transmis. Un *graffiti* pour le présent, pas une carte postale du passé.

C'est à cela, rien de moins, que devraient prétendre ceux qui aiment vraiment la musique cultivée. Rien de moins que cette petite, cette salvatrice apocalypse. C'est une apocalypse qui a un nom : l'interprétation.

2
L'interprétation

« Les œuvres d'art, surtout celles de la plus haute dignité, attendent leur interprétation. Qu'il n'y ait en elles rien à interpréter, et qu'elles soient simplement là, supprimerait la ligne de démarcation de l'art. » La phrase est de Theodor Adorno, dans la *Théorie esthétique*. Traduite dans notre contexte, elle suggère une hypothèse, évidente en apparence, mais frappante : se détermine comme musique d'art, donc musique cultivée, tout produit musical auquel peut adhérer, dans la réalité, la pratique de l'interprétation. Autrement dit : aucun produit musical n'est, *a priori* ou par la seule vertu de son intentionnalité, autre chose qu'un simple produit de consommation. Il devient quelque chose de différent à partir du moment où se déclenche à son sujet l'instinct d'interprétation. À un niveau collectif, cet instinct attribue à l'œuvre, à travers la reproduction et la réflexion critique, une sorte d'existence posthume qui, à travers le temps mais pas uniquement, dépasse la réalité de cette œuvre et l'intention de son créateur. C'est cette « vie seconde », et elle seule, qui fait d'un produit musical une œuvre d'art, en le soustrayant à la logique de la simple consommation.

Toute interprétation est, par ailleurs, la contrepartie d'un mystère. Seules suscitent l'instinct d'interprétation les œuvres qui, d'une manière ou d'une autre, se transcendent elles-mêmes en renvoyant à quelque chose de plus que ce qu'elles énoncent. Et l'interprétation est le lieu où s'articule ce *plus*, où il peut se manifester. Elle est zone de frontière : terre qui n'appartient à personne, qui n'est plus celle de l'œuvre mais pas encore celle du monde qui l'accueille. Un tel processus confère quelque vérité au cliché qui rattache la musique d'art (la musique cultivée) à l'ambition d'une spiritualité. Les œuvres d'art, en étant *plus* que ce qu'elles sont, esquissent peut-être une pratique possible de l'idée de *transcendance*. L'interprétation, qui habite le mystère de l'œuvre d'art, est un peu l'expérience factuelle d'une transcendance. Dans l'interprétation, comme dans le souvenir, ce qui autrefois simplement *était* prend un contenu et une forme inattendus et révélateurs. Ces dialogues avec le passé engendrent des fantômes : dans ces fantômes se sont réfugiées les dernières bribes de ce pour quoi fut inventé, jadis, le terme de *transcendance*. Ce qui apporte un éclairage à l'idée que la « spiritualité » de la musique cultivée serait un devoir, et non pas une donnée de fait. Cette « spiritualité » — cette capacité à reconvoquer la transcendance — prend forme dans la pratique de l'interprétation, et en aucun cas n'est donnée avant. Face à une écoute gastronomique et sans médiation, même les plus dignes chefs-d'œuvre de la tradition musicale cultivée redeviennent ce qu'ils étaient à l'origine : de brillantes machines de séduction, voire de purs produits de consommation. Ils ne perdent pas en dignité : mais la possibilité disparaît simplement de les distinguer, avec quelque légitimité, du reste de la musique.

Plus qu'à un certain type de répertoire, le terme de musique cultivée devrait se rapporter à un certain type d'écoute : celui dans lequel s'entend non ce que l'œuvre dit mais ce qu'elle ne dit pas. Ce type d'écoute, qui coïncide avec le devoir créateur de l'interprétation, n'est pas lié *a priori* à un répertoire. Il n'est pas exclu, il est même probable que, dans un futur pas très éloigné, ce soient des phénomènes comme le rock ou le jazz qui suscitent ce genre d'écoute. Qu'il soit impossible de l'affirmer avec certitude vient de la difficulté de reconnaître, à chaud, la capacité d'une œuvre musicale à dialoguer avec l'interprétation. Mais ce serait une naïveté de l'exclure, par principe, dès qu'il s'agit de produits dont la nature commerciale est plus marquée. Pour ne prendre qu'un exemple, une grande part de la production musicale de Mozart est née avec les mêmes finalités que les 45 tours. Et les *Noces* furent ce qui aujourd'hui serait un film hollywoodien intelligent et bien fait. Inversement, l'exil volontaire par rapport au contexte commercial, fût-il comme il se doit assaisonné d'obscurités linguistiques, ne suffit pas à justifier l'appartenance à l'univers de la musique cultivée. Qu'une certaine Nouvelle Musique, d'une étonnante médiocrité, puisse être cataloguée comme appartenant à cet univers uniquement parce qu'elle est incompréhensible, et gratuitement, est une déformation indéfendable ; la seule consolation est qu'ainsi au moins le châtiment coïncide avec la faute.

En réalité, un produit musical n'échappe à une identité purement commerciale que dans l'instant où commence son dialogue avec l'interprétation, et pas avant. Avant, il risque seulement d'être un produit commercial non vendu. C'est l'ouverture du dialogue avec l'interprétation qui multiplie les identités de l'œuvre, et lui trace un chemin vers sa vérité, ceci excluant automatiquement toute perception naïve et sans médiation. Alors peut se matérialiser ce que l'idée de la musique cultivée comportait d'utopie et d'espoir. Mais cette matérialisation est continuellement à refaire. Aucune œuvre d'art n'est assez forte pour survivre à la surdité de ceux qui l'écoutent. Si l'interprétation disparaît, alors l'œuvre rétrograde inexorablement au stade de produit de consommation, toute différence et suprématie disparaissant. Que la *Septième* de Beethoven ait pu sans problème servir — on l'a vu — d'accompagnement sonore dans une publicité pour du papier hygiénique autorise à penser que même les pièces les plus charismatiques du répertoire classique sont incapables d'opposer une résistance sensible à un mode de consommation qui les ramène au rang de purs objets. Le processus qui les élève au-dessus d'elles-mêmes et cristallise leur différence est entièrement réversible : ce n'est jamais une conquête définitive. C'est plutôt un événement différé, que l'œuvre attend, que le temps fait mûrir, et qu'un certain présent, un jour, trouve la force d'évoquer. Cette force est celle de l'interprétation. Elle semble aujourd'hui plus évanescente que jamais. Et ceci parce que l'idée d'interprétation est, actuellement, une idée bloquée. La libérer serait le seul moyen pour que le monde de la musique retrouve de nouveau la force de briser les sortilèges de l'insignifiance et d'ouvrir un dialogue réel avec les œuvres du passé.

La musique a ceci de particulier et d'atypique : elle se transmet et s'interprète par un même, unique geste. Un livre ou un tableau peuvent être conservés dans une bibliothèque ou dans un musée : et peuvent, aussi, être interprétés, mais c'est un autre geste, autonome, qui n'a rien à voir avec la conservation proprement dite. La musique, non. La musique est un son, elle n'existe que dans le moment où elle est jouée : et dans ce moment où elle est jouée, elle ne peut pas ne pas être interprétée. Le geste qui la conserve, qui la transmet, est inévitablement « corrompu » par les variables infinies liées à ce geste de la jouer. Cela a condamné le monde de la musique à un complexe éternel de culpabilité, inconnu des autres domaines de l'art : la crainte constante de trahir l'original, parce qu'on sent que la possibilité existe de le perdre à jamais. Comme brûler un livre, ou détruire une cathédrale. L'indignation du mélomane qui, face à une interprétation un peu hardie, explose dans un classique « Beethoven, ce n'est pas ça » ressemble à l'efferement avec lequel on apprend le vol d'un tableau dans un musée. Comme si on en était dépossédé.

Cette crainte a paralysé et paralyse encore l'interprétation musicale. Le devoir de transmettre censure le plaisir d'interpréter. Dans l'ombre de ce sortilège vivent ou vivotent les pratiques les plus nobles comme les plus honteuses : la rigueur authentique et tourmentée de quelques grands exécutants, comme la négligence conventionnelle avec laquelle, par exemple, se transmet le théâtre musical. La crainte de la trahison est ce qui fonde le travail sévère du grand interprète, et la médiocrité sans espoir d'une infinité de musiciens : sans parler des exécutions philologiques, qui portent au paroxysme le désir de fidélité, condamnant l'écoute à une liturgie archéologique naïve et punitive.

Pour sortir de cette impasse, il y aurait une manière draconienne et définitive : avertir une fois pour toutes le public musical que l'original n'existe pas. Que le *vrai* Beethoven — en admettant qu'on puisse parler d'un *vrai* Beethoven — est perdu à jamais. L'Histoire est une prison aux barreaux fragiles. Et on continue de monter la garde autour d'un prisonnier évadé depuis longtemps.

Ce ne sont pas les arguments simples, évidents, qui manquent pour étayer cette idée. Bien des choses ont changé depuis l'époque de Beethoven : la manière de jouer, le contexte social, les références culturelles, le paysage sonore. Le piano que nous utilisons aujourd'hui est très éloigné du piano-forte de l'époque ; les lieux, les mœurs, les ressorts sociaux qui conditionnent l'écoute ont changé, comme a changé le patrimoine culturel avec lequel on aborde aujourd'hui cette musique : dans les oreilles, nous n'avons pas seulement Haydn et Mozart, mais Brahms, Mahler, Ravel (et Morricone, Madonna, les *jingles* publicitaires, Philip Glass…). Dans les yeux, nous avons le cinéma, dans la tête d'autres mots d'ordre, et dans notre salon une machine qui, lorsque nous appuyons sur un bouton, nous crache de la musique aussi souvent que nous voulons, et avec une qualité sonore que Beethoven, même avec une ouïe meilleure, n'aurait jamais imaginée. On pourrait continuer ainsi pendant des pages. Mais ce ne sont pas en réalité les arguments les plus importants. On risquerait même, à trop insister, d'apporter un alibi à des restaurations philologiques pleines de zèle, où des siècles d'Histoire devraient disparaître dans le son anémié d'un piano-forte ou la fascination pour les timbres d'orchestres rabougris aussi tristes que des cirques.

Le nœud de la question est ailleurs. Comme l'esthétique, au XXe siècle, nous l'a enseigné, aucune œuvre d'art du passé ne nous est donnée dans son état d'origine : elle nous arrive comme un fossile incrusté des sédiments que le temps a déposés sur elle. Chaque époque qui l'a conservée pour la transmettre y a laissé sa marque. Et l'œuvre à son tour conserve et transmet ces marques, qui deviennent une part intégrante de son essence. Ce dont nous héritons n'est pas la créature vierge d'un auteur, mais une constellation d'empreintes parmi lesquelles il est devenu impossible de distinguer les empreintes originaires des autres. L'unité de l'œuvre d'art se fait à travers ses métamorphoses, effaçant toute démarcation entre une hypothétique authenticité originelle et l'histoire de ses manifestations à travers le temps. Elle *est* cette histoire.

Tout ceci rend caduc le *totem* de la fidélité à l'œuvre. Il n'existe pas d'original auquel rester fidèle. Au contraire, c'est rendre justice aux ambitions de l'œuvre que de la faire, une fois encore, surgir comme un matériau du présent : et non en la restituant comme le témoin d'un passé immobile. Ce que le mélomane moyen appelle le *vrai* Beethoven n'est jamais que le dernier Beethoven engendré par les métamorphoses de l'interprétation. Quand Liszt, premier à le faire, proposait au public les *Sonates* de Beethoven, elles étaient déjà devenues quelque chose de différent de ce qu'à l'origine elles étaient. Et elles n'ont pas cessé, depuis, de vivre plus loin qu'elles-mêmes, dans un processus que rien ne peut arrêter et qui, il faut le dire, est fascinant. Le geste qui égare l'original rencontre l'essence la plus intime de l'œuvre : son ambition objective de ne jamais finir.

On peut toujours essayer de débarrasser le public musical du tabou de cette authenticité supposée et intouchable : cela ne suffira pas à débloquer son incapacité à un dialogue interprétatif avec l'objet de son amour. Car à l'idéal de la fidélité à l'œuvre, il faudrait substituer la valeur de l'interprétation. Et de l'interprétation le public musical se fait une idée pour le moins réductrice. Parce qu'il l'a toujours crainte, il l'a reléguée dans les confins inoffensifs d'une conception bornée.

Pendant longtemps, la prison, pour l'idée d'interprétation, a été la catégorie délétère du « sentiment ». C'est à cela qu'une grande partie du public musical continue encore aujourd'hui d'identifier — et de limiter — cet espace de liberté qui outrepasse la simple reproduction d'un texte musical.

« C'est bien joué, mais ça manque de sentiment », telle est la phrase légendaire chuchotée dans des milliers de boudoirs et de salons de musique pour censurer des générations de demoiselles appliquées à « dactylographier » Chopin. Transposée dans une salle de concert, et s'agissant d'interprètes professionnels, la même phrase se donne une tournure généralement plus élaborée mais le fond reste le même. Il s'agit toujours, plus ou moins, de « jouer avec sentiment ». L'exceptionnelle survie de cette expression montre ce qui dès lors semble une évidence : « sentiment » est le nom commode que le jargon musical donne à quelque chose qu'il devine mais ne sait pas expliquer, et qu'il ne connaît pas. On peut continuer à l'utiliser, pour être sûrs qu'on parle tous de la même chose. Mais il faut être conscient que c'est uniquement en le désarticulant, et en faisant réémerger ce qu'il cache, qu'il sera possible d'approcher de l'idée d'interprétation telle que la modernité l'attend. Idée qui — disons-le — n'a rien à voir avec le sentiment.

Il peut être utile de partir d'un exemple : Glenn Gould. Rarement interprète a pris autant de distance par rapport à la lettre du texte musical, revendiquant le droit à la violence de l'interprétation. Et pourtant : rien, dans sa manière de jouer, ne s'explique par le recours au fameux terme de

« sentiment ». On peut tout dire de lui, sauf qu'il jouait « avec sentiment ». De fait, son approche du piano mettait en scène des métamorphoses inédites du matériau musical : partant du mutisme du texte écrit, il approchait le son en suivant des trajectoires qui lui paraissaient dictées par le texte même : d'une certaine manière, il donnait l'impression de suivre la musique là où elle voulait aller. L'écriture musicale, pour lui, était une collection d'indices par lesquels remonter jusqu'aux ambitions, cachées, de la musique. Cela le conduisait évidemment très loin : loin de toute fidélité littérale aux textes. Et pourtant, précisément dans ce « loin », il trouvait souvent la proximité la plus intime au secret d'un texte musical. Cette absurdité est la leçon, précieuse, qu'il nous a laissée.

Il ne s'agit pas d'en faire un modèle unique et parfait. Mais de comprendre exactement l'enseignement qu'on peut en retenir. En d'autres termes : l'interprétation commence, non pas quand la subjectivité de l'interprète gonfle la réalité du texte musical (ce qui serait « jouer avec sentiment »), mais quand il laisse le texte courir sur les trajectoires de ses propres ambitions objectives. Le mouvement qui éloigne de la reproduction pure et simple d'un texte musical ne vient donc pas de l'extérieur, de la subjectivité : c'est un mouvement qui existe en puissance à l'intérieur de n'importe quel texte, et qu'il incombe à l'exécutant, simplement, de libérer. Dans l'interprétation véritable, ce qui se produit est la réinvention posthume de la musique par elle-même, non l'expression des sentiments de celui qui joue.

La musique se réinvente — la musique *devient*, au-delà d'elle-même — non par magie mais par la collision factuelle avec la réalité d'un temps qui ne l'a pas créée mais qui, à présent, la reçoit. Ce qui la remet en mouvement, c'est la *différence* qu'elle doit traverser pour venir rencontrer ce monde. L'interprétation habite cette différence. L'interprétation prend sur elle ce qui dans l'œuvre est mouvement, ce qui est tension, vie souterraine, parole non encore prononcée : elle lui demande d'entrer en réaction chimique avec l'identité du temps présent.

Ce qui coupe définitivement les ponts avec l'image débonnaire et réductrice que, de l'interprète, le public musical se transmet. L'interprète est le *médium* entre l'œuvre et l'époque. Il est le geste qui réunit les pans de deux civilisations qui se cherchent. Il est le dictionnaire dans lequel ces deux langues se rencontrent. C'est pourquoi sa capacité à déchiffrer les lignes du mouvement objectif de la musique doit se croiser avec le talent de témoigner exactement de l'époque à laquelle il appartient. À travers l'interprète, l'œuvre doit rencontrer le monde nouveau dans lequel elle cherche une citoyenneté. Si l'interprète parvient à descendre dans les raisons les plus intimes de la musique mais reste en dehors de la géographie culturelle de son propre temps, il est un interprète inabouti. Ce qu'on appelait autrefois subjectivité ou « sentiment » peut se traduire aujourd'hui par la capacité à résumer en soi les chiffres de tout un monde. Le *sujet* est un terminal dans lequel défile l'index d'une époque.

La part de liberté qui a toujours été reconnue à la pratique de l'interprétation ne correspond donc pas au fait d'opérer des variantes subjectives par rapport à la lettre du texte. Ce n'est pas une part aléatoire laissée au goût ou à la fantaisie d'un individu. La liberté de l'interprétation réside dans le fait qu'il lui faut inventer quelque chose qui n'existe pas : *ce texte-là* dans *cette époque-ci*. En fin de compte, ce n'est plus l'interprète qui est libre : c'est l'œuvre qui, à travers le geste de l'interprétation, se libère. Se libère de cette identité dans laquelle la tradition l'avait figée. Devient libre de se réinventer suivant les dynamiques de l'époque nouvelle qu'elle rencontre. L'interprète est l'instrument, non le sujet, de cette liberté.

Interpréter, aujourd'hui, pour un musicien, signifie ouvrir une certaine tradition musicale cultivée à l'*air libre* de la modernité. L'entreprise, par certains côtés, est titanesque. Parce que la modernité, avec une violence jusque-là inédite, semble précisément refuser tous les postulats théoriques et idéologiques sur lesquels, en son temps, cette tradition musicale s'est fondée. La question n'est même plus de recoudre une déchirure temporelle. Elle est de travailler sur un matériau qui s'appuyait sur des catégories, des valeurs et des idéaux qui, à l'heure actuelle, sont pulvérisés. La modernité a laissé en suspens des mots d'ordre comme progrès, transcendance, vérité, spiritualité, sentiment, forme, sujet. La ligne de démarcation de l'art elle-même est devenue floue. Et ce qu'on appelle « culture » est un puzzle sans références, fait de pièces de toutes sortes, impossibles à hiérarchiser et difficiles à évaluer. La musique cultivée était l'expression d'un système social et philosophique achevé et intelligible. La modernité est un non-système dont la règle est l'indéterminé, le provisoire, le partiel.

Un geste capable de relier cette tradition-là avec le présent ne peut donc être qu'un geste violent, excessif, extrême. C'est pourquoi, aujourd'hui plus que jamais, l'interprétation se donne comme un choc, nécessaire et traumatisant. Il est certain que lorsqu'elle parvient à créer un vrai court-circuit entre la musique cultivée et la modernité, son premier effet est dévastateur : la musique cultivée, littéralement, explose. Ce qui est d'ailleurs tout à fait logique. La musique cultivée s'inscrit précisément dans une volonté de donner forme à l'indifférencié. Son totem est l'unité formelle, à travers laquelle trouvent un sens, une discipline, une hiérarchie, les multiples fragments du monde. Le plaisir même que fait naître l'écoute de cette musique vient de la perception que l'on a d'un ordre qui parvient à cataloguer des sentiments et des sensations en les soumettant à la règle tranquillisante d'un micro-univers devenu intelligible, et qui fonctionne. Le système harmonique sur lequel cette musique se base et ses lois formelles travaillent sans faillir à dominer les figures et les forces nées de l'imaginaire. Le rite qu'infatigablement elle répète consiste à soulever le couvercle du monde, à faire s'envoler les fantômes des profondeurs, et à les cristalliser aussitôt dans un langage cohérent et salvateur. Elle donne ainsi l'illusion d'éprouver la *différence*, en garantissant au spectateur qu'il n'en sera pas bouleversé. Même dans sa saison dernière — quand les lois harmoniques et formelles se tendent presque jusqu'à la déchirure — la musique cultivée n'a pas cessé de générer des machines de sens capables de dominer les forces libérées par elle. Le système était à ce point infaillible qu'il pouvait même, en cette saison dernière, raconter sa propre apocalypse. Donner un sens à la défaite du Sens.

La modernité est née de cette défaite. Elle a quelques points communs avec le phénomène spectaculaire d'une explosion. En l'absence de pôles magnétiques « forts », la réalité se désagrège, dessinant une galaxie de particules aux trajectoires imprévisibles. Ces trajectoires sont les graffitis dans lesquels est inscrit le code du moderne. Si on les regarde sans préjugés et sans craintes, ces graffitis ne sont pourtant pas de simples gribouillages privés de sens. La modernité se fait aussi dans le travail quotidien pour fixer ces graffitis et les transformer en figures signifiantes. C'est un travail atypique : parce qu'il ne cherche pas, une fois encore, à organiser ces traces dans des systèmes ordonnés et aboutis. Il les fixe, simplement, et les dispose en constellation les unes avec les autres, suivant différentes combinaisons, parfois contradictoires, mais capables, en tout cas, de coexister. Chaque particule s'inscrit dans plusieurs constellations, et prend dans chacune d'elles un sens particulier. La somme, vertigineuse, de ces différents sens acquis dessine un réseau de connexions qui fait la cohésion du monde, sans que rien puisse le dominer mais sans que rien non plus puisse réellement le perdre. L'organisation de la modernité est une organisation « faible », mais elle n'est pas la couverture illusoire d'un chaos inavouable.

Sous la pression de l'interprétation, la musique cultivée se retrouve dans le royaume de cette organisation atypique. Et elle perd aussitôt ce qu'elle avait de plus intime et de plus essentiel : son unité, sa vocation à s'organiser autour de centres « forts ». Le premier geste d'une interprétation vraiment fidèle à la modernité est de désagréger le tissu de l'œuvre sur laquelle elle se penche. Elle l'ouvre à nouveau. Elle écarte les cicatrices, défait les sutures, cherche les blessures. Elle subvertit les hiérarchies, multiplie les niveaux de langage, agrandit toutes les failles qu'elle rencontre dans la surface formelle en apparence compacte. L'interprétation travaille sur les faiblesses de l'œuvre. Parce qu'elle cherche, d'instinct, à démasquer les systèmes de défense de la musique cultivée et à libérer les forces que cette musique, grâce précisément à ces systèmes, parvenait à contrôler.

Le public, avec une certaine logique, perçoit cela comme une forme insidieuse de destruction. Mais il sous-estime le principe de conservation qui, dans la modernité également, préside aux manœuvres de l'intelligence. La modernité, en fait, n'a pas moins peur du chaos que le XIXe romantique et idéaliste. Mais elle se sert d'autres armes pour l'exorciser, l'illusion des armes d'autrefois s'étant évanouie. L'interprétation ne se contente pas de démasquer l'unité des œuvres. Elle libère le matériau de l'ordre qui le censurait, et elle tente de le disposer selon la sensibilité qui est la sienne. Chaque fragment est réorganisé à partir de lui-même, de manière autonome, l'œuvre devenant ainsi un lieu où transitent des particules courant vers d'hypothétiques figures, extérieures à l'œuvre elle-même. Le XIXe siècle imaginait des œuvres qui étaient des univers clos et stables. La modernité utilise les œuvres comme carrefour de significations fragmentées, saisies dans un instant, et arrêtées un instant seulement dans leur course. Toute œuvre devient ainsi un moment de vérité provisoire. Elle cesse d'être une structure achevée et permanente, et devient une constellation parmi d'autres, une formule passagère, une combinaison transitoire.

Ce qui ôte à l'œuvre ces traits auxquels le public est habitué à s'attendre. Elle ne se présente plus comme une icône à adorer, immuable et figée. Elle n'est plus le reliquaire inattaquable de valeurs permanentes. Elle ne conditionne plus l'indifférencié sous la forme pure d'objets agréables et faciles à consommer. L'irruption de la modernité fait voler en éclats le self-service bienheureux de l'âme.

En revanche, ce qui surgit du gouffre de l'interprétation est un objet nouveau qui, lorsqu'on sait le vivre, a quelque chose d'électrisant. Il emporte dans une dimension multiple où cohabitent les éclats de sens les plus divers, où filent à toute allure des comètes de signifiés qui entraînent le regard vers de surprenants confins. Là où passe l'interprétation, l'œuvre s'ouvre, elle devient une somme d'éléments saisis dans l'instant même où ils s'échappent d'elle. C'est un mouvement centrifuge qui n'épargne pas l'auditeur. Lequel sait être véritablement entré à l'intérieur de l'œuvre, quand il se sent expulsé d'elle et précipité dans les espaces libres de cette Babel des figures possibles.

Une œuvre interprétée de manière radicale ne s'ouvre pas à la sérénité du sens mais projette l'auditeur plus loin qu'elle, dans la fête mouvante d'une incessante et pluraliste géométrie de signifiés. Les segments qui, en elle, donnent leur voix à une manière commune de sentir, et dans laquelle le public reconnaît des traces de lui-même, ne sont pas rigidifiés en noms qui sonnent comme des définitions : ils sont des reflets qui étincellent dans le noir et qui, dans le même temps qu'ils reflètent des éclats de vie, les renvoient aussitôt plus loin, chercher de nouvelles constellations au sein desquelles briller. Une œuvre radicalement interprétée est un espace dans lequel des contenus et des idéaux transitent et ne restent pas. Ce qu'elle enseigne, c'est avant tout la structure dynamique du sens : le fait que le sens ne se donne pas, dans la modernité, comme un lieu stable, mais comme une galaxie incertaine de planètes qui tournent continuellement. Dans l'œuvre s'entend le frémissement de ce mouvement inépuisable, qui devient loi de l'intelligence et forme de la sensibilité. Elle atteint son but quand elle contraint l'auditeur à s'introduire dans ce circuit de renvois multiples qui constitue, aujourd'hui, le scénario spectaculaire permettant au sens d'échapper à l'extinction.

L'œuvre sur laquelle l'interprétation se penche pour la profaner et la libérer devient un seuil : le dépasser, c'est entrer dans la modernité. Le public de la musique cultivée a entretenu jusqu'à présent un idéal exactement inverse : l'œuvre comme lieu séparé, parc naturel où protéger ses idéaux de la corruption de la modernité. Se décider pour l'interprétation revient à mettre cet idéal en pièces. C'est pourquoi le monde de la musique cultivée tout entier continue de remettre ce choix-là à plus tard, et glisse lentement vers sa disparition. Le public et les interprètes continuent d'hésiter paresseusement de ce côté-ci du gué. Des parterres de survivants applaudissent avec hystérie des rites absurdes de momification. Les interprètes, à l'exception d'un très petit nombre, continuent de servir la soupe réchauffée d'une utopie réactionnaire et bigote. Il n'y aurait à cela rien à redire, si ces gens-là n'étaient présentés comme la partie la plus saine et la plus noble de l'humanité : une caste culturellement supérieure.

Le fait est qu'à ce monde de la musique cultivée il a toujours manqué la capacité à imaginer la modernité comme *plaisir*. On lui a appris à la craindre. Pas à la désirer. Ce n'est pas un hasard si la musique cultivée qui devrait être l'expression de la modernité, autrement dit la musique contemporaine, est une musique qui lésine avec sévérité et systématisme sur l'émotion et sur le plaisir. Une telle réticence à l'égard du présent, faite de préjugés, explique l'énorme difficulté à faire faire un bond en avant définitif à l'idée d'interprétation. Plus ou moins consciemment, le monde de la musique sait que si l'on adoptait une perspective herméneutique plus radicale, bien peu de choses resteraient debout, du décor culturel dans lequel il est habitué à se mouvoir. Par conséquent, il freine.

Rien ne permettra de sortir de cette impasse, tant que le talent de quelques vrais interprètes et le courage d'une relecture théorique fondamentale n'auront pas fait briller pour ce monde-là les attraits de la modernité.

3
La Nouvelle Musique

Une réflexion qui chercherait une place dans la modernité pour la musique cultivée ne peut éviter de se pencher sur cette absurdité inextricable qu'est la musique contemporaine. C'est elle, en théorie, qui devrait être le point de rencontre entre musique cultivée et modernité. Mais il n'en est rien. La musique contemporaine apparaît comme un corps séparé, replié sur lui-même, imperméable à la modernité et hypnotisé par sa propre histoire. Une aventure autonome, partie sur une tangente qui ne cesse de s'éloigner du cœur du monde. Une acrobatie de l'intelligence devenue autorépétition, spectacle inquiétant d'un rêve de l'imagination cloué à ses propres cauchemars et incapable de retrouver les chemins du réel. Elle a choisi, pour sa folie intelligente, le retrait dans un exil sur lequel on peut avancer bien des hypothèses, mais avoir, en tout cas, une certitude : il est, avant toute chose, un exil de la modernité.

En termes plus brefs encore, la musique contemporaine est un luxe : le monde de la musique cultivée la maintient en vie parce qu'elle lui fournit l'alibi d'une participation apparente au présent. À l'ombre de cet alibi — à l'ombre de cette musique qu'il n'aime pas, qu'il ne comprend pas et ne connaît pas —, ce monde peut continuer de nourrir ses propres rêves de bonheur passéiste. La musique contemporaine est le prix ennuyeux auquel on achète au présent un visa pour le passé. Puisque le voyage n'a pas de sens, et que le prix est de plus en plus élevé, pourquoi n'y a-t-il pas quelqu'un qui se lève et demande simplement qu'on arrête ?

La musique contemporaine, aujourd'hui, est avant tout une réalité artificiellement entretenue. Un organisme dans le coma, que quelques machines éprouvées maintiennent en vie. Chose curieuse, dans un monde désormais réglé par les lois du marché, la musique contemporaine, qui est, commercialement parlant, un perpétuel échec, parvient pourtant à vivre dans des conditions de relative sécurité. Il est vrai que, d'une manière générale, l'ensemble de la musique ne survit que par les perfusions d'argent public qui lui évitent de se frotter aux règles les plus obtuses et les plus cyniques du marché. Mais l'art lyrique a un public, les œuvres de la grande tradition classique ont un public, même la musique ancienne a un public. Il ne suffit pas à leur assurer l'indépendance économique, mais il suffit en tout cas à justifier qu'on se précipite à leur secours. L'étonnant, avec la musique contemporaine, c'est que, de public, qu'on le veuille ou non, elle n'en a pas. Même le terrorisme culturel des années soixante et soixante-dix n'a pas réussi à canaliser vers elle des passions authentiques. Le public continue à ne pas la comprendre, à l'éviter, au mieux à la tolérer. Si l'on exclut de grands événements ou les disciples chanceux de quelques très rares « maestros », la vie quotidienne de la musique contemporaine est peuplée de salles à moitié vides. Elle est, dans les faits, l'objet de désir d'une minorité absolue.

Bien sûr, rien de tout ceci ne cherche à résonner comme un jugement catégorique. Ce n'est que la simple constatation d'un phénomène : le décalage frappant qui existe, depuis longtemps maintenant, entre la musique contemporaine et le public de la modernité. D'ailleurs, depuis l'époque où Adorno lui fit cadeau de l'astucieuse et jolie métaphore du manuscrit enfermé dans une bouteille, la musique contemporaine a tendance à interpréter son isolement comme le gage de sa propre valeur. Et le public lui-même, finalement, craint toujours que ceux qui ont raison ne soient justement ces gens-là, cette minorité absolue qui aime la musique contemporaine : et tous les autres seraient atteints de surdité intellectuelle. Il faut faire attention, car on arrive ici justement à l'un de ces passages hasardeux à partir desquels s'est édifiée cette chose absurde qu'est la musique contemporaine. Il ne s'agit pas de juger, encore moins d'essayer de deviner. Il s'agit, une fois pour toutes, de comprendre.

La déchirure entre la musique européenne de tradition cultivée et son public a une origine précise. On pourrait même, si on voulait, trouver sa date de naissance : 1908. Schönberg publie les *Klavierstücke op. 11*. C'est la première expérience radicale de musique atonale du XXe siècle. Le début d'une aventure linguistique qui bouleverse les paramètres d'écoute en vigueur depuis plus de deux siècles. Une révolution qui, en abandonnant les géométries de la musique tonale, invite le public dans un paysage sonore complètement nouveau.

Il est essentiel de comprendre, à propos de cette révolution, que ceux qui l'ont faite ne croyaient pas que c'en était une : plus exactement, ils pensaient que c'était là un développement naturel de la civilisation musicale de leur temps : une prolongation physiologique du langage musical commun. L'exposition la plus candide de cette idée se trouve dans les leçons qu'Anton Webern (un des protagonistes de ce dépassement de la tonalité) donna à Vienne, dans une maison privée, pendant les années 1932-1933, et qui furent publiées une trentaine d'années plus tard sous le titre *Der Weg zur Neue Musik*[1]. « Le but de ces conférences — y lit-on — est de tracer le chemin qui a conduit à la Nouvelle Musique et de nous rendre conscients qu'il devait tout naturellement y aboutir. » La préoccupation de Webern est de décrire et de justifier ce dépassement de la musique tonale, comme étape logique de la « conquête toujours plus poussée du matériau fourni par la nature », conquête commencée des siècles plus tôt. La musique tonale est décrite comme une utilisation partielle du domaine sonore : l'atonalisme conquiert les espaces laissés par elle inexplorés. Elle n'*invente*

---

[1]. Traduction française : *Chemins vers la nouvelle musique*, Éd. J.-C. Lattès, 1980.

rien : elle *découvre* ou plutôt elle *dévoile* ce qui existait déjà mais n'était pas utilisé. « Nous devons être clairs sur ce point : il s'agit [avec la musique atonale] d'un processus tout à fait analogue à ce qui s'est passé autrefois. »

Pas de « déchirure » donc, mais une extension physiologique de la maîtrise collective du patrimoine naturel des sons. Webern reconstitue ce processus de découverte et d'appropriation en partant des règles harmoniques les plus simples, et en décrivant comment elles se sont progressivement compliquées. Même sans connaître le vocabulaire de la théorie musicale, on devine dans la longue citation qui suit le souci de décrire un mouvement sans à-coups, naturel, presque évident.

« D'abord il y eut les accords appartenant à plusieurs tonalités, par exemple l'accord de septième diminuée, qui appartient simultanément à quatre tonalités, puis les accords furent davantage encore altérés — certains de leurs sons furent diésés ou bémolisés. Les consonances qui étaient à la base des accords de trois sons se transformèrent, par adjonction de la septième, en dissonances. […] L'oreille s'habitua progressivement à ces assemblages de sons, qui n'apparurent au début que prudemment, comme des accords de passage ou de préparation ; et finalement ces accords furent ressentis comme naturels et agréables. […] Plus tard, tout alla de plus en plus vite, les nouveaux accords furent à leur tour altérés, et on en arriva au stade où ces accords furent utilisés de façon presque exclusive. Mais on les reliait encore à la tonique et l'on pouvait donc encore les rattacher à la tonalité d'origine.

« Mais pour finir, l'utilisation de ces accords dissonants — à travers la conquête plus poussée du domaine sonore et le recours aux harmoniques les plus lointains — fit qu'il y eut de longues sections desquelles toute consonance avait disparu et, finalement, la situation fut assez mûre pour que l'oreille ne considérât plus la référence à la tonique comme indispensable. À quel moment, de préférence, retourne-t-on à la tonique ? À la fin, bien sûr ! C'est là que l'on peut dire : ce morceau est en telle ou telle tonalité. Il y eut encore une période où l'on revenait au dernier moment à la tonalité de départ et où, cependant, sur de longues distances, on ne savait pas en quelle tonalité on était. *Tonalité suspendue*. Ce n'est qu'à la fin que l'on apprenait comment il fallait comprendre tout ce qui s'était passé au cours du morceau. Mais cela devint de plus en plus fréquent, et, un jour, il devint possible de renoncer à tout lien avec la tonique. Car il n'y avait plus rien de consonant.

L'oreille prenait plaisir à cet état de suspension ; on n'avait pas l'impression que quelque chose manquait lorsque l'œuvre concluait ainsi ; on ressentait tout de même le déroulement de l'œuvre, considérée dans sa totalité, comme suffisant et satisfaisant. »

On le voit, Webern est très soucieux de montrer comment cette expansion de ce qu'il appelle le « domaine sonore » n'est pas un geste arbitraire mais un événement en un certain sens voulu et, en tout cas, bien accueilli par « l'oreille ». Aucun pas en avant n'est fait sans qu'il soit suivi par la capacité à le percevoir. Et celui-ci également, le pas extrême et décisif : « Où devait-on aller ? Devait-on vraiment retourner aux rapports de l'harmonie traditionnelle ? C'est en réfléchissant à ces questions que nous avons acquis la certitude que nous n'avions plus besoin de ces rapports et que notre oreille était aussi satisfaite sans la tonalité. L'époque était tout simplement mûre pour la disparition de la tonalité. »

Voilà : c'est exactement cette conviction dont le temps a prouvé qu'elle était une illusion. C'est cette appréciation erronée qui a commencé de creuser le fossé entre cette musique et le public. La fausse vérité qui, transmise comme vraie, a empêché jusqu'à maintenant que cette déchirure ne soit vécue sans malentendus.

Soixante ans de musique atonale ont prouvé que l'optimisme de ses pères n'était qu'une belle théorie : logique, d'ailleurs, sur le papier, mais indémontrable dans la réalité. En perdant la référence à la tonalité, l'oreille collective s'égare. Et ce n'est pas une question de faiblesse culturelle, mais de limites physiologiques infranchissables. Ce n'est pas tant la mythique dissonance qui fait s'emballer le moteur de l'écoute ; même si le caractère illusoire de l'idée que les harmoniques lointains peuvent entrer dans la perception auditive aussi naturellement que les harmoniques proches a été démontré, la dissonance a cessé depuis longtemps d'être un véritable obstacle. Le problème est ailleurs, il tient à l'organisation des sons.

Qu'on le veuille ou non, l'expérience de l'écoute se fonde sur une dialectique de la *prévision* et de la *surprise*, de l'*attente* et de la *réponse*. L'auditeur, à partir d'une portion de matériau qui lui est offerte, déduit une gamme de développements possibles, suivant les lois d'une certaine organisation des sons (par exemple, l'organisation tonale). Évidemment, il est porté à s'attendre aux développements les plus élémentaires et les plus logiques. La musique lui répond de deux manières possibles : soit elle confirme ses prévisions (par exemple, avec une cadence parfaite), soit elle le surprend par des développements plus élaborés mais de toute façon inclus dans l'organisation établie (par exemple, avec une modulation). Ce jeu sur la prévision et la réponse se reproduit pendant tout le temps où la musique joue. C'est un mécanisme de plaisir qui se déclenche à répétition. Avec le temps, la nécessité de réussir à surprendre des oreilles de plus en plus expertes amena les compositeurs à des combinaisons de plus en plus élaborées, des manœuvres de plus en plus complexes ; et c'est l'histoire, reconstruite par Webern avec une simplicité didactique, de l'élargissement de la tonalité et de l'utilisation exacerbée du chromatisme. Là où Webern se laisse abuser par sa propre candeur, c'est lorsqu'il croit que le passage à l'atonalisme fait partie, et de manière indolore, de cette escalade dans l'élaboration. Non. Passer à l'atonalité, c'était tourner violemment la page. Il ne s'agissait plus de trouver des combinaisons inédites à l'intérieur d'une organisation donnée : il s'agissait d'anéantir cette organisation même.

L'auditeur, flottant dans l'espace sans références de la musique atonale, ne peut plus construire de prévisions. À une note, à un groupe d'accords, peut succéder n'importe quelle note. Le mécanisme d'attente et de réponse qui gouvernait le plaisir de l'écoute tombe. Il est remplacé par une surprise continuelle et diffuse. Mais, dans un système qui ne permet aucune prévision, l'idée même de surprise devient problématique. Ce qui surprend, c'est l'événement qui vient prendre la place d'un événement attendu : mais quand on ne peut s'attendre à rien, rien ne peut, à strictement parler, étonner. La musique atonale devient ainsi, pour l'écoute, une séquence d'événements sonores simplement indéchiffrables, muets, étrangers.

On pourra objecter que si la musique atonale anéantit le système d'organisation de la tonalité, elle en introduit d'autres : à l'intérieur desquels cette dialectique de la *prévision* et de la *surprise* peut se reproduire. Mais le problème est que ces nouveaux systèmes d'organisation sont impossibles à reconnaître pour le public. La musique sérielle dodécaphonique en est un exemple probant. On rappellera que cette musique renonce à toute référence tonale et adopte les douze notes du système tempéré en annulant toute idée de hiérarchie entre elles. Il y a donc douze sons, dont aucun n'est un son-guide, et aucun n'est un son étranger. Pour fixer cette équivalence, la musique sérielle dodécaphonique adopte comme principe de ne jamais faire revenir une note avant que les onze autres n'aient toutes été données : ceci afin qu'une éventuelle répétition ne risque pas d'affirmer une quelconque priorité sous-jacente. La composition part ainsi d'une « série », autrement dit d'une séquence particulière des douze notes : et elle se déroule à partir de cette séquence, en respectant toujours le même principe du non-retour de la note. Or ce système d'organisation du son est un système rigide. Loin de l'anarchie, c'est au contraire la gestion d'un ordre bien précis. Mais le public, lui, que peut-il percevoir de cet ordre ? A-t-il réellement la possibilité d'en intérioriser suffisamment les règles pour pouvoir en extraire le mécanisme de l'attente et de la réponse ? Qui peut réellement croire que ce ne serait qu'une affaire d'habitude, de temps, d'éducation ? Sans compter que la méthode sérielle dodécaphonique est une sorte de modèle de base : à partir de quoi une grande partie de la musique contemporaine se construit en adoptant des systèmes d'organisation chaque fois différents, très raffinés et personnels. Chaque auteur, dans chaque œuvre, choisit des règles particulières en variant les règles de base par des règles annexes. De plus, depuis que le modèle dodécaphonique a cessé d'être le totem qu'il était, la possibilité s'est ouverte pour chaque œuvre de construire librement son propre système d'organisation. Ainsi prolifèrent des compositions construites sur des règles personnelles très sophistiquées, véritables exercices de virtuosité arithmétique et cérébrale. Il ne s'agit pas ici de juger de leur opportunité ou de leur valeur. Mais de rappeler que pour le public tout ceci représente un univers englouti, hors d'atteinte. Le compositeur, dans son laboratoire, se meut dans un univers organisé qu'il connaît à la perfection, puisque c'est lui-même qui l'a créé. Et l'on peut supposer qu'au moment où il compose il a recours à une dialectique de la prévision et de la surprise, qui, pour lui, est tout à fait perceptible. Mais l'auditeur, lui, en ignore tout. Et même s'il prenait la peine de lire dans le programme du concert les remarques de méthode rédigées par l'auteur (souvent plus passionnantes que l'écoute de l'œuvre elle-même, ce qui est un autre paradoxe de la musique contemporaine), il n'aurait pas le temps matériel de s'approprier cet univers sonore et de tenter de s'y orienter. Ce n'est pas une question de limites ou de manque de préparation : c'est qu'on lui demande tout simplement l'impossible. Le décalage entre cette musique et le public est inévitable, mérité, et totalement prévisible.

Pourtant, depuis toujours, on essaie de lui faire croire, à ce public, que ce ne serait qu'une histoire de paresse et d'inadaptation culturelle provisoire. On le culpabilise, en lui faisant miroiter la promesse que s'il s'y mettait vraiment il comprendrait. Dans ce même texte de Webern se trouve un passage qui, dans son ingénuité, pourrait être l'ancêtre de ce préjugé terroriste. Affirmant une fois encore que l'oreille peut se passer sans problème de la tonalité, Webern doit pourtant noter que, malgré cela, la résistance au passage à la musique atonale est très grande (« Jamais encore, en musique, on ne s'est autant récrié que contre cette évolution »). Au point qu'il conclut : « C'est évidemment très difficile [pour le public] de suivre : Beethoven et Wagner ont, eux aussi, été des révolutionnaires importants, ils n'ont pas non plus été compris, car ils apportaient d'incroyables transformations stylistiques. » Le voilà, le raisonnement qui a paralysé des générations de spectateurs. Le passage à la musique atonale est comparé aux renversements linguistiques et formels d'un Beethoven ou d'un Wagner : et l'on ressort, astucieusement, le fantasme d'un public incapable de reconnaître, d'emblée, le génie. Le spectateur de la musique contemporaine sent le danger, et tombe dans la peur de ce qu'on pourrait appeler le syndrome de Wieck : du nom de celui qui passa à l'histoire non seulement pour avoir tenté d'empêcher sa fille Clara d'aimer un fou annoncé (Schumann) mais pour le commentaire lapidaire par lequel il expédia la *Septième* de Beethoven : « Cela ne peut avoir été écrit que par un homme ivre. » Le public a été éduqué à la peur de ne pas reconnaître le Beethoven d'aujourd'hui. Pendant des décennies, cloué devant une musique impénétrable, il s'est livré, inerte, au rite d'une initiation sans fin : incapable de réagir, convaincu d'être une cellule rétrograde du système s'épuisant à courir derrière le génie des autres. Avec patience et dignité, il a continué d'attendre que cette musique lui devienne compréhensible, comme, avec un peu de patience, avaient fini en leur temps par devenir compréhensibles l'*opus 111* de Beethoven ou le *Tristan* de Wagner. Si l'on y réfléchit, le spectacle est grotesque.

En réalité, c'est rendre un mauvais service à la musique contemporaine que de continuer à masquer son caractère de rupture radicale et violente avec la tradition. La tentative de la faire accepter en minimisant ses traits subversifs a échoué. Elle a obtenu en réalité l'effet contraire. Car en continuant d'associer Schönberg à Beethoven, de proclamer une continuité qui est certes historique mais en rien linguistique, on a appris au public à attendre de Schönberg ce qu'il recevait de Beethoven. Et lorsqu'il ne s'abandonne pas à une écoute impressionniste et rhapsodique, ce public s'efforce, dans une tentative désespérée et absurde, d'extorquer à cette musique nouvelle le cher vieux mécanisme de prévision et de surprise, d'attente et de réponse. Inutile de dire qu'il a peu de chances d'y arriver.

Le décalage entre la musique contemporaine et le public est un fait qu'on ne peut plus nier. Il ne sert à rien de continuer à vouloir l'expliquer comme une distance culturelle et sociale momentanée, due à l'accélération subite d'une avant-garde inventive, et à la lenteur objective du public à la suivre. C'est une vaste blague idéologique. La musique contemporaine n'est pas « en avance » : elle est ailleurs. La rupture existe, elle est inguérissable, et elle a des causes objectives ; elle est le résultat d'un choix linguistique bien précis et, à sa manière, génial, et elle n'a pas à être exorcisée, ni justifiée à n'importe quel prix. La valeur historique, éthique et culturelle de la musique contemporaine ne dépend d'ailleurs pas uniquement de la quantité de places vendues. Un parterre vide ne peut pas être considéré en lui-même comme une condamnation muette. Mais c'est un phénomène à ne pas cacher, et à interpréter. Un point de départ précieux pour qui veut analyser le rapport ambigu que cette musique entretient avec la modernité. Non pas un verdict : mais, par contre, un indice. Le passer sous silence ne servirait qu'à rendre l'analyse plus difficile.

La naissance de la Nouvelle Musique, au début du siècle, passa, on l'a vu, par une révolution purement linguistique : l'abandon de la tonalité et l'ouverture de nouveaux horizons sonores. Mais il serait réducteur de ne voir que l'événement linguistique dans un pareil tournant : ce qui se produisit alors sur le plan du langage était également une brèche par laquelle une nouvelle et particulière lecture du monde pointa le nez. Dès le premier instant, la Nouvelle Musique ne se présenta pas comme un tournant technique neutre : elle fut d'emblée l'incarnation d'une prise de position idéologique, morale et politique bien précise. Eu égard à notre interrogation, nous pourrions dire qu'elle se proposa comme une lecture inaugurale de la modernité. Elle fut la manœuvre la plus énergique opérée par la musique cultivée sous le choc de l'intuition du moderne.

Ce que l'on peut faire aujourd'hui, c'est reconstituer ce que la Nouvelle Musique en raconta, de ce nouveau monde aux aguets. À commencer par une première et apparemment évidente constatation : le monde nouveau était, avant tout, la fin de l'ancien. À l'aube de son histoire, la Nouvelle Musique fut surtout le sismogramme passionné, enthousiaste, d'un tremblement de terre. Il fallait raconter — prendre sur soi — l'écroulement des grands empires, la dissolution d'un système de valeurs, le déclin de l'optimisme métaphysique, l'indigence progressive des slogans sociaux utilisés par le XIXe siècle. C'était l'ouverture, grandiose, d'un nouvel horizon qui respirait la liberté, qui semblait remettre en mouvement les ressources infinies de l'humain et qui invitait à pratiquer des utopies inédites. Par bien des aspects, la Nouvelle Musique résonnait comme un appel retentissant et radical à s'emparer de ces territoires du futur. Son identité linguistique même, dans sa hardiesse déconcertante, semblait une provocation contre toutes les tentations de restauration nostalgique. Elle faisait voler en éclats la beauté consolatrice des géométries tonales, lançant une mise en garde contre cette rhétorique crépusculaire — ambition d'un déclin spectaculaire et sans fin — qui connut son apogée avec l'inoxydable Strauss. La Nouvelle Musique ne cultivait pas les déclins : elle était à l'écoute du surgissement d'un monde nouveau.

Ce monde, cependant, trouva sur sa route le tunnel des nouveaux totalitarismes et les fractures violentes de deux guerres mondiales. Ce fut essentiel dans le destin de la Nouvelle Musique. Face à l'étranglement inattendu du moderne dans l'horreur imbécile des grandes dictatures européennes et dans la férocité inhumaine de la culture de guerre, elle se crispa sur la résistance à un présent qu'elle ne pouvait pas reconnaître. Son profil linguistique lui-même devint le symbole et le contenu de sa rébellion. Dans cette musique qui, sans rien concéder au plaisir, traçait des graffitis refusant l'aveuglement de l'optimisme collectif, se fossilisait le hurlement de l'expressionnisme, devenu cri de dénonciation et de douleur. Le totem de la dissonance s'érigeait pour confondre la fausse harmonie prêchée par les appareils de propagande. Le système exacerbé, presque glacial, des normes qui réglaient la composition dodécaphonique et sérielle s'imposait comme la résistance inflexible de la rationalité à l'irrationalisme post-romantique servi en accompagnement sonore pour les parades militaires et les nouvelles épopées guerrières. Boycottée, enfermée dans un ghetto, la Nouvelle Musique fit, de l'obscurité, précisément, de son langage — de son inaccessibilité — la contremarque d'une clandestinité salvatrice et la confirmation de sa volonté d'être hors du système.

C'est dans cet ensemble de manœuvres de défense que la référence originelle de la Nouvelle

Musique à la modernité se délite. C'est à ce moment-là que la Nouvelle Musique se crispe sur des traits somatiques qui ne s'effaceront plus. La génération de l'après-guerre en héritera, comme des cicatrices sacrées des combats menés et, finalement, gagnés. La Nouvelle Musique se figea dans une image de voix obscure, prophétique, sévère, éternellement « contre », fière d'être ainsi séparée du monde, exagérément rationnelle, retranchée dans la rigueur d'une austérité sans concession. Il y a seulement quelques années que ce cliché tenace a commencé à s'estomper. Trop tard pour que nous n'ayons pas maintenant quarante années d'absurdités sur quoi réfléchir.

Le fait est que cette voix — qui s'est forgée autour de la nécessité de dire non à la folie du monde — est devenue, quand cette folie se fut évanouie, une forme vide, un précepte sans raison, un modèle passivement reproduit. Comme il était fatal, elle s'est transformée souvent en caricature d'elle-même. Dans ce processus, ce qui a joué un rôle fondamental, c'est le fait que la langue inventée par la Nouvelle Musique devint, dans le moment de la plus grande friction avec l'ennemi, quelque chose de plus qu'un système de sens : un symbole, graffiti à elle seule, autonome, sans besoin de contenu : une langue qui atteignait sa cible par le simple geste charismatique de se dire. Que cette sorte de langue sacrée fût élevée au rang de fétiche était un passage presque obligé. De même qu'il était inévitable que, transposée dans un scénario historique complètement différent, orpheline des conflits qui l'avaient engendrée, elle se décolore en une technique linguistique flottant dans le vide, exercice savant sans justification réelle, jeu cérébral gratuit. Cette langue qui avait été griffure, graffiti d'une humanité blessée, devint un vocabulaire maniériste ne représentant plus que les ambitions de ceux qui se montraient capables de l'utiliser. Adorno lui-même — un de ceux qui se sont le plus interrogés sur les réflexes philosophiques de cette langue — eut le temps de prendre conscience qu'elle avait échoué entre les mains d'une génération qui vivait, spirituellement parlant, « au-dessus de ses moyens ». Et en effet, on l'a vu, l'essence philosophique de cette langue n'a pas pu survivre à la mort de ses ennemis. Ce n'est pas par hasard que la Nouvelle Musique conçue dans les années de l'après-guerre a eu instinctivement tendance à recréer autour d'elle l'environnement qui, des décennies plus tôt, l'avait vue naître : elle n'a pas cessé de chercher le contexte du conflit politique et idéologique, retrouvant périodiquement dans ce type de scénario sa justification et son charisme. Ce n'est pas un hasard non plus si l'âge d'or se situe pour elle entre les années soixante et soixante-dix. Ni si c'est aujourd'hui qu'elle se montre le plus faible, dans un scénario où les conflits sociaux sont impitoyablement aplanis et où les conflits idéologiques se dissolvent dans le néant.

Dit le plus simplement possible, au risque de sembler plus provocateur qu'il ne faudrait : la Nouvelle Musique a continué des années durant à mener une bataille depuis longtemps terminée. Comme une situation de guerre artificiellement maintenue une fois la paix signée. Ces traits somatiques qui firent jadis l'identité saisissante des avant-gardes viennoises se sont figés en tabous qui masquent l'absence d'une vraie confrontation avec la modernité. L'obscurité linguistique, le culte d'une rationalité vigilante, le goût et la fierté d'une docte séparation du monde, le soupçon systématique envers le monde des autres : tous les signes des combats d'autrefois sont devenus slogans autojustificateurs. Ce qui était *langue* est aujourd'hui jargon, ce qui était obscurité rebelle est à présent mépris des attentes légitimes du public, ce qui était idéologiquement « contre » est devenu un alibi politique, ce qui était ligne de résistance de la rationalité n'est plus que cérébralisme gratuit. Dans cette métamorphose vers le moins, ce qui s'est perdu, c'est le lien avec la modernité que la Nouvelle Musique avait, en son début, inauguré avec passion. Il fut un temps pendant lequel cette musique, même dans ses plus impraticables contorsions linguistiques, même dans ses silences les plus muets, était le signe de ce qui arrivait autour d'elle. Mais qui, aujourd'hui, qui pourrait réellement trouver dans la musique contemporaine les signes du moderne ?

Cette situation paradoxale est la conséquence de l'impunité dont la Nouvelle Musique a bénéficié pendant des décennies. Si elle a pu se développer, par des chemins discutables et à l'écart du réel, c'est qu'elle n'a jamais été sérieusement contestée de l'intérieur même du monde de la musique cultivée. Une forme de contrôle aurait pu être exercée par le public : mais, comme il a été suffisamment raconté dans les pages précédentes, la déchirure profonde et grotesque entre cette musique et le grand public a été systématiquement niée, ou pis, expliquée par des schémas idéologiques plus ou moins terroristes et punitifs. Il est donc important de revenir sur cette déchirure, pour la débarrasser des malentendus qui l'ont anesthésiée, et pour en prendre objectivement la mesure, en ce qu'elle témoigne d'une situation anormale, et artificiellement prolongée. Il faudrait pouvoir à nouveau s'interroger sur cette fracture, se demander quelles peuvent être les ambitions d'authenticité, de présence au réel, d'une musique qui, dans les faits, n'est pas capable de communiquer avec la plus grande partie de ses contemporains.

Une autre explication possible de cette impunité qui a protégé l'évolution paradoxale de la Nouvelle Musique se trouve peut-être dans l'asphyxie du débat culturel qui l'a accompagnée. Pendant des années, la seule forme de résistance à son chemin a été celle de la partie la plus rétrograde et la plus réactionnaire du public et de la critique. Pendant des années, il n'y a pas eu d'autre objection à ces rites ésotériques que l'indignation pleurnicheuse d'une faction de nostalgiques, incapables d'opposer à des acrobaties linguistiques muettes et absurdes autre chose que la prétention désolante d'un retour à l'ancien. De telles offensives, menées au nom d'une restauration impossible, n'ont fait que pousser les forces progressistes du monde de la musique à se regrouper, fût-ce de façon acritique, autour de la citadelle à défendre. Une position de retranchement qui a plutôt nui à la Nouvelle Musique, en réduisant au minimum la place d'une critique « de gauche » au chemin qu'elle continuait de suivre. C'est le grand trou noir qui a accompagné son succès artificiel. L'absence d'une réflexion capable de le contester, non pas au nom d'un passé glorieux, mais au nom de la fidélité au présent. À la Nouvelle Musique, il a manqué une critique intelligente et vigilante capable de la rappeler aux devoirs de la modernité : d'une modernité réelle, et non pas théorique ou créée en laboratoire. En ce sens, la critique éclairée qui, avec passion, a suivi son chemin porte une responsabilité énorme : si un dixième de l'imagination, du travail d'analyse et des acrobaties théoriques utilisées pour justifier des entreprises musicales d'un non-sens pourtant parfois évident avait été dépensé pour arracher la Nouvelle Musique à son immobilité dynamique et pour la ramener à une vraie confrontation avec le présent et avec le monde, on ne serait pas aujourd'hui contraint de s'interroger sur sa crédibilité vacillante.

À tout ceci, il faudrait ajouter, pour la chronique, la triste récapitulation de circonstances qui, habilement manœuvrées, ont apporté la touche finale à l'impunité de la Nouvelle Musique : les « couvertures » politiques, le surgissement de potentats, petits mais inattaquables, la complicité paresseuse des médias, la sujétion peureuse de la critique, la complaisance pharisienne des institutions musicales. Mais ce n'est que la petite histoire d'un phénomène qui se reproduit chaque fois, quand une révolution victorieuse se transforme en nouveau régime. En admettant qu'il soit encore important de faire la lumière sur ce qui s'est véritablement passé, nous en laisserons volontiers la tâche à ceux qui les ont vécues, ces années-là.

L'important, ici, est qu'on soit convaincu de la nécessité de se reposer la question de la Nouvelle Musique, mais l'esprit détaché, et sans préjugés. On est en droit de penser que la crispation devant le présent, qui marqua les origines de cette musique, comme une réponse inévitable à l'horreur des années qu'elle traversait alors, s'est sclérosée avec le temps, devenant un exil chronique, et forcé, du réel. La Nouvelle Musique habite une modernité artificielle, imaginaire, produite en laboratoire. Quelquefois, rarement, et comme avec une sorte de timidité, d'autocensure, cette modernité livre des reflets de la modernité réelle : et ce n'est pas un hasard si cela n'arrive que dans le travail de quelques grands maîtres, ou dans la réussite épisodique de telle ou telle œuvre, que le public, ponctuellement, reconnaît. Mais ce ne sont que des évasions partielles d'un exil doré défendu avec obstination. Un exil d'où la Nouvelle Musique continue d'envoyer des messages qu'il serait grand temps d'arrêter de croire urgents ou chargés de sens. Elle ne pourra pas vivre indéfiniment de l'autorité léguée par ceux qui furent ses pères. Le Sens est nomade. Il a pu habiter dans le passé le répertoire de la musique cultivée, et même les graffitis des avant-gardes. Mais il paraît aujourd'hui avoir inéluctablement migré dans d'autres contrées de la créativité collective. La Nouvelle Musique demeure une construction sophistiquée mais désertée : par le public, et par le Sens. C'est ailleurs que la modernité crépite. Le Sens — c'est-à-dire le répertoire global des figures dans lesquelles une époque se reconnaît — a choisi d'autres langages pour inventer ses noms. On peut continuer à repousser le moment où il faudra en prendre acte. Mais pendant que la réflexion critique, indécise, gagne du temps, la citadelle de la Nouvelle Musique commence à s'effriter sous la poussée exercée, de l'intérieur comme de l'extérieur, par de nouveaux sujets musicaux. Les secteurs les plus sophistiqués de la musique légère empiètent souvent et volontiers sur les territoires autrefois réservés à la tradition cultivée. Et des phénomènes comme le minimalisme américain, le néo-romantisme européen, ou les nouvelles rhétoriques venues de l'Est, redessinent de l'intérieur la géographie de cette tradition. Ce sont, même douces, même expérimentales, des formes de rébellion. On ne peut se tourner vers elles qu'avec espoir, un peu déçu pourtant par la prudence avec laquelle elles entrent dans les territoires du nouveau.

C'est grâce à cette prudence aussi que la Nouvelle Musique résiste. Elle continue à seriner dans son coin ses propres absurdités. Pendant ce temps, au-dehors, la modernité se fait. Comme un grand spectacle collectif, sublime et grotesque, émouvant et horripilant, qui métabolise implacablement tout le bien et le mal possibles. Un regard capable de la voir devrait renouveler, en le démultipliant, le ravissement qui saisissait le spectateur du XIXe siècle devant les premières grandes métropoles. Le grand village global d'aujourd'hui est, à la lettre, l'explosion de l'idée que les grandes villes commençaient seulement à murmurer. Comme un grand conteneur qui, dans un même geste, rassemble le monde et le désarticule complètement : d'une manière analogue, les premières métropoles du XIXe siècle créaient l'unité d'une ville au prix de la perte de celle de l'individu. Ce processus a quelque chose de spectaculaire à quoi il est impossible d'échapper. La modernité est une scène sur laquelle, à un rythme vertigineux, le monde continuellement se défait et se recompose. Les langages se perdent les uns dans les autres, les idées trouvent leur forme, avec une indifférence absolue, dans les matériaux les plus nobles ou les déchets les plus triviaux de la machine à consommer, toute ligne de démarcation certaine entre l'art et la pure séduction a tout simplement disparu. Le rythme des messages et l'intensité des perceptions auxquelles l'individu est soumis dictent la gaie réalité d'une humanité droguée en toute honnêteté et inconscience. Le spectaculaire du réel et celui des formes de représentation qui le racontent sont lancés dans une course exacerbée, en une *escalation* pour laquelle l'horrible lui-même devient merveilleux. Même la perception de ce qui arrive est devenue une sorte de *performance* : l'accélération violente des temps d'information a littéralement renversé la notion même d'*événement*, modifiant sa respiration, son retentissement, son temps de survie dans la conscience collective. Ce qui arrive devient si rapidement du passé qu'il n'a pas le temps de se cristalliser en présent. Une chose semblable se passe pour les *noms* que la modernité produit en quantité spectaculaire, et qu'immédiatement elle consomme, use et laisse perdre. Nommer — c'est-à-dire comprendre, déchiffrer et restituer à l'usage de l'idée — est devenu un travail de création continu, de réinvention toujours provisoire. C'est une aventure qui découvre la dimension de l'authentique comme dynamique en devenir, non comme tabernacle permanent et objectif.

Face à cela — et à la myriade de petits et de grands signes à travers lesquels la figure de la modernité se dessine — la Nouvelle Musique continue, imperturbable, à organiser ses sinistres visites guidées de ce parc artificiel qui devrait être le moderne, et qui ne parvient même pas à en être la caricature. Si la modernité est une aventure spectaculaire, bien peu nombreuses sont les œuvres produites par la Nouvelle Musique qui en saisissent le charme, l'émotion et l'étonnement. Tout le reste est abstraction muette, deuil dépassé, injustifié, rite pénitentiel obsessionnel. Au mieux, esthétisme raffiné.

Ce qui s'est perdu en route, c'est le plaisir de la modernité. C'est la disponibilité à penser la modernité comme plaisir. D'autres le font, dans d'autres domaines de la créativité : et c'est là que le public va, car les gens ont peur de leur propre époque mais en même temps ils la désirent, et ne veulent pas en être dépossédés. Dans un instinct de survie, le grand public va là où l'architecte saura reconstruire avec les fragments du passé des lieux attractifs où habiter le présent. Ces lieux-là se rencontrent aujourd'hui plus aisément dans un air de rock que dans cent compositions de musique contemporaine. C'est peut-être paradoxal, mais c'est ainsi. En se vouant à un dire rationnel, sévère et endeuillé, cette musique perd toute capacité à restituer la joie du moderne, sa richesse, son caractère spectaculaire. Elle aurait les moyens, bien plus qu'un fragile air de rock, de déchiffrer cet horizon et de l'assumer, avec l'enthousiasme vigilant d'une intelligence libre mais également critique. Elle ne le fait pas. Elle préfère se retrancher dans son identité de voix officielle de la souffrance, de l'offense, de la blessure inguérissable. Mais cette souffrance risque de n'être plus qu'une abstraction poétique, un espace de consolation littéraire, quelque chose qui n'a plus rien à voir avec la souffrance réelle. S'il y a aujourd'hui une humanité offensée — et il y en a une —, elle ne désire certainement pas être représentée par une série dodécaphonique ou d'extravagants exercices de structuralisme. Elle ne prétend d'ailleurs pas à beaucoup : elle arrive parfois même à trouver une délivrance dans le néant d'une chanson commerciale. Mais ce qu'elle attend, c'est la complicité d'une langue qui dise le réel, non qui se dise elle-même. Si cela devait signifier pour la Nouvelle Musique qu'elle dénoue ses tabous linguistiques et trouve une nouvelle manière de communiquer, ce ne serait pas le drame annoncé dans les Conservatoires par les professeurs de composition. Les pères de la tonalité eux-mêmes avaient remarqué que la saison la plus lumineuse de la musique cultivée — le classicisme, de Haydn à Beethoven — avait coïncidé avec la plus grande contraction du domaine sonore, avec une véritable régression de la faculté d'écoute. Eu égard à la polyphonie flamande, ou même aux harmonies d'un Bach, le langage utilisé par le classicisme a l'air d'une miniature, d'un horizon sonore pour les enfants. Et pourtant, dans cet univers « réduit », la musique trouva précisément la force d'articuler des figures du présent et même d'approcher l'expression de quelque transcendance.

Nul ne peut dire, au point où nous en sommes, par quel chemin la Nouvelle Musique peut revenir à la modernité. Mais ce chemin passe, semble-t-il, inévitablement, par une disponibilité à briser les tabous linguistiques qui ont jusqu'à ce jour immobilisé son parcours. La question n'est pas simplement le retour ou non à la tonalité. C'est un faux problème. La question est de retrouver un lien avec ces langues vivantes qui disent aujourd'hui la modernité, et de recréer une syntonie avec le ressentir collectif. Une chose est sûre : la modernité est avant tout un spectacle. Aucune voix qui veut s'interdire le risque du spectaculaire ne pourra réussir à la chanter.

4
Le spectaculaire

1

La modernité est un lieu, et un temps, aux voies d'accès infinies. La Nouvelle Musique a choisi la porte étroite d'une révolution linguistique dure et radicale. Mais il y a d'autres hypothèses de parcours dans le patrimoine génétique de la musique cultivée : d'autres intuitions, qui cherchaient le moderne sur des routes différentes. Un patrimoine de pressentiments et de prophéties qui a longtemps été censuré par l'idéologie de la Nouvelle Musique, et son imposition artificielle au public. Parmi toutes ces hypothèses, il s'agit ici d'en récupérer une qui paraît aujourd'hui plus utile que d'autres pour renouer des liens directs avec la modernité. Par simplicité, on choisira de la résumer dans l'aventure de deux noms charismatiques, incarnant d'une manière seulement plus évidente et plus radicale que d'autres une certaine façon d'entrer dans le XXe siècle : Mahler et Puccini.

Ce que les symphonies mahlériennes et le théâtre musical puccinien devinèrent de la modernité, ce fut l'idée de spectacle qu'elle cultiverait, et le type de public qui l'habiterait. C'était là, plus qu'on ne pourrait croire, une intuition hardie, et géniale. Elle imaginait, avec une exactitude qui surprend un peu, un monde qui n'existait pas encore. Elle anticipait sur une orientation du goût collectif, des conditions sociales et pratiques de la consommation, de la confrontation entre des formes de spectacle nouvelles et différentes, qui n'allaient se réaliser pleinement que des décennies plus tard. C'était une intuition qui impliquait, entre autres, une révision considérable de l'idée même de musique cultivée : une redéfinition de son domaine idéal qui, fût-ce au prix de démanteler quelques-uns des dogmes qui avaient assuré sa puissance, cherchait à suivre le Sens dans l'exode que lui imposait la modernité. Les aspects régressifs et mystificateurs contenus aussi bien dans les œuvres de Puccini que dans les symphonies de Mahler témoignent d'une retraite stratégique, cherchant de nouvelles positions de force pour affronter le choc avec le moderne. Ils sont porteurs de l'idée, en soi hardie, que c'est uniquement en réduisant elle-même sa portée idéale que la musique cultivée pourrait se conformer au statut du moderne. Que c'est uniquement en assumant certains traits de corruption induits par la modernité, et en les métabolisant dans sa propre structure, qu'il lui serait possible de maintenir un lien avec le réel. Une manœuvre qui était exactement l'inverse de celle tentée par la Nouvelle Musique. Face à la modernité, la réaction était d'ouvrir les portes et de la laisser pénétrer dans le tissu même de la musique. Non pas une reddition inconditionnelle : mais l'ouverture d'un dialogue. Un exercice d'équilibriste, sans aucun doute risqué : quand la symphonie mahlérienne glisse dans un Technicolor retentissant et vide, ou que le théâtre puccinien se laisse aller à une vulgarité digne de *feuilletons*[1] adipeux pour journal du dimanche, on voit sur quelle défaite cette acrobatie pouvait déboucher. Mais c'était le prix à payer pour une ambition précieuse : participer à la modernité.

---

1. En français dans le texte *(N.d.T.)*.

2

Adorno aimait évacuer Puccini d'un jugement lapidaire : musique légère. Ce n'était pas un compliment. Mais avec le temps, il est devenu possible de le prendre pour tel. Un des apports les plus déterminants du théâtre de Puccini fut précisément de remettre en mouvement les frontières entre la musique cultivée et la musique légère. Avec ce détail, important : la musique légère, à son époque, n'existait pas encore.

Quand Adorno parle de musique légère (on est dans les années soixante), il ne pense pas simplement à un répertoire populaire déterminé : il pense à un certain système de consommation, à un public particulier, à une organisation de marché bien précise. Des réalités qui commençaient seulement à exister quand Puccini, lui, avait presque fini d'écrire de la musique. En un certain sens, il a donc guidé la musique cultivée vers l'intuition d'un monde musical différent, encore entièrement à venir. Il a deviné les formes de nouvelles modalités de l'expérience musicale, qui seront incarnées plus tard par la musique légère. Ce n'est pas un hasard si son parcours créateur n'a pas eu d'héritiers véritables : une ramification ultime, suspendue dans le vide d'une tradition qui meurt avec lui. L'attente que percevaient les œuvres de Puccini aurait pu recevoir une réponse si la musique légère s'était cristallisée sur un système musical de remplacement, fort, autonome, riche et vivant. Qu'on le veuille ou non, c'est dans ce système-là que la modernité, aujourd'hui, se reconnaît, beaucoup plus que dans l'autre, latéral, élaboré par la musique cultivée. Les œuvres de Puccini allaient vers un lieu qui n'existait pas encore, et qui deviendrait pourtant, quelques petites années plus tard, demeure de la modernité. Les évacuer sous le terme de musique légère est réducteur : elles ont, en un certain sens, *inventé* la musique légère.

Une critique sévère, et trop liée aux idéaux de la musique cultivée, ne verrait dans ce pas de Puccini vers le nouveau qu'un dangereux pas en arrière. Il faut comprendre que, si pas en arrière il y eut, la manœuvre stratégique était cependant, en soi, géniale : il y avait là l'intuition qu'une ligne de démarcation stable entre l'œuvre d'art et le produit de consommation était en train de tomber. Et que si l'œuvre d'art voulait survivre, et faire survivre avec elle les instances qu'elle incarnait, elle devait se recycler en marchandise. Atypique, dérangeante, redondante : mais marchandise.

Dans la pratique, cela voulait dire un tournant décisif dans la manière même de comprendre le travail de création. L'image de l'*artiste* comme pionnier solitaire d'horizons idéaux élevés s'effaçait, tandis que s'imposait l'idée de l'*œuvre*, au sens de cristallisation de l'imaginaire collectif. Ce n'est plus tant le public qui doit suivre l'artiste sur les chemins impraticables d'un progrès ininterrompu, c'est l'œuvre qui doit trouver les formes, les matériaux et la langue pour dire les désirs et les attentes du public. C'est un tournant copernicien. On ne peut nier qu'avec ce tournant les conditions se mettent en place pour une production créatrice entièrement esclave de la mode et définitivement asservie à l'imbécillité du réel. C'est à partir de là que la modernité développera sa capacité inégalée à produire le déchet. Mais c'est à partir de là aussi — de ce tournant idéologique — que naîtra, par exemple, le cinéma, qui deviendra très vite refuge de l'art et demeure du Sens. Et de là que s'originera la puissance de la musique légère, celle dont se découvrira avec le temps la capacité à témoigner de son propre monde avec une extraordinaire exactitude. C'est une bifurcation idéologique, d'où naîtra la dangereuse et belle liberté du moderne de produire, indistinctement, l'art et l'ordure commerciale. Le charme des œuvres de Puccini est qu'elles se trouvent exactement à cette bifurcation. C'est pourquoi elles sont des créatures amphibies, où cohabitent l'ordure et l'art, la vulgarité et la noblesse, le déchet et la poésie, la marchandise et l'esprit. Une cohabitation tellement étroite qu'il devient presque impossible de les séparer. Plus encore : les séparer *devient inutile*. Car chez Puccini le problème n'est plus d'identifier la ligne de démarcation de l'art, ni même de sauvegarder les privilèges de la musique cultivée. Puccini est au-delà. Le problème pour lui était d'inventer une idée nouvelle de *spectacle*. C'est cela la véritable essence de son travail : Puccini cherchait une idée de spectacle capable de résister au choc de la modernité. Tout son travail doit être jugé en fonction de cette ambition-là, de cette acrobatie.

Il travaille dans un moment où la modernité commence à imposer une accélération brutale au rythme des émotions et à l'intensité des messages ; et il travaille avec un matériau, le théâtre musical, qui, en raison de ses limites naturelles et de ses freins idéologiques, peine à suivre cette accélération. En dépit de cela, Puccini tente de faire tourner cette lourde et niaise baraque sur les rythmes du nouveau monde à venir. Et il le fait en lui donnant une nouvelle assiette, plus légère, et en même temps plus « forte ». C'est ce double mouvement qui forme le dessin de cette acrobatie, et explique son balancement constant entre l'art et l'ordure commerciale. Un étonnant numéro de haute voltige.

Les éléments les plus divers interviennent dans sa composition. D'abord les histoires choisies, à une distance vertigineuse des prétentions idéologiques d'un Wagner, mais différentes également de celles auxquelles était accoutumé le mélodrame italien du XIXe siècle. Des histoires qui puisent dans l'imaginaire collectif du grand public de l'époque avec une exactitude que seul le cinéma pourra égaler. Des histoires qui quittent les limbes symboliques d'une Grande Histoire ampoulée, et cherchent de nouveaux décors où les passions brûlent d'assez près pour susciter le frisson, et d'assez loin pour préserver la magie de la fiction. Dans cet esprit, la prouesse extrême de Puccini est *La Fanciulla del West* : intuition exacte d'un horizon réaliste et imaginaire, celui du western, dont le cinéma montrera plus tard qu'il est la fabrique idéale des rêves pour un certain public de la modernité.

Puis, l'histoire étant choisie, la décision d'opérer un tour de vis draconien dans l'intensité spectaculaire de l'œuvre. Un exemple mérite d'être élevé au rang de modèle de cette opération : ce sont les vingt premières minutes de *Turandot*. Une fable : on dirait un retour aux scénarios si longtemps privilégiés par le mélodrame. Le choix de l'*incipit* lui-même semble une restauration des vieux schémas : une scène collective, grandiose, avec l'arrivée du héros, drapé dans la solennité d'une sorte de rite archaïque. Mais le rythme narratif s'accélère avec énergie ; en une poignée de minutes se concentrent une infinité d'éléments : le Pékin d'il y a mille ans, une foule féroce, exaltée par un sortilège poétique et sanguinaire, un jeune prince très beau qui va à la mort, un autre prince qui se cache, un vieillard qui le reconnaît et qui est son père (reconnaissance qui aurait à elle seule occupé des scènes entières dans un opéra du XIXe siècle), une esclave qui le reconnaît et qui est la femme ayant sacrifié sa vie pour un sourire de lui *(idem)*, et la foule qui cède soudain à l'émotion devant le sort du jeune prince condamné, et les larmes versées sur lui, et la hache qui tombe sur lui, jusqu'à l'apparition de ce qui est le noyau brûlant de tout ce monde-là, une femme, mais qui est la plus belle femme du monde, si belle que le héros sans nom oublie son père, oublie l'esclave amoureuse de lui, s'oublie lui-même, et lance un défi au destin en lui demandant ou cette femme ou la mort. Et ce ne sont que vingt minutes de spectacle. Aucune œuvre avant Puccini ne s'était jamais autorisé un tel vertige d'événements. C'est là, littéralement, l'ambition d'une conception nouvelle, explosive, du spectaculaire.

C'est la pression de cette ambition qui, dans le théâtre de Puccini, allume les couleurs, force les tons, gonfle la rhétorique. Et c'est dans ce mouvement-là qu'est inscrit, indéniablement, son trait de faiblesse majeur, le moment où il balance le plus fort au-dessus du gouffre du produit commercial pur et simple. Depuis la répartition en récitatifs et arias au XVIIIe siècle, l'opéra italien avait ses mesures à lui pour doser les *performances* vocales et la montée émotionnelle : un art subtil qui, même avec un répertoire de plus en plus populaire, avait conservé, jusqu'à la rigueur de Verdi, la capacité magique de confectionner des excès bienséants. Chez Puccini, cette convenance en matière d'effets se délite, glissant vers de généreuses concessions à une concupiscence de l'écoute. La trame des sentiments elle-même en ressort exaspérée, au point de frôler la caricature et le comique involontaire. La recherche pure et simple de l'émotion tend souvent à se substituer au souci de la progression psychologique. Les personnages de Puccini vivent une curieuse existence au-dessus des lignes, dans laquelle les courbes du sentiment deviennent des *performances* extrêmes et où les situations les plus simples débouchent irrésistiblement sur l'embouteillage émotionnel. La complaisance envers des palais d'une finesse pas tout à fait irréprochable est évidente. Et le souci de flairer les modes, indéniable. On a l'impression, par moments, de se trouver devant un échantillonnage déplorable de frissons au rabais. Et le fait qu'aujourd'hui encore — et même, plus encore aujourd'hui — cette marchandise continue d'enthousiasmer la clientèle en dit long sur le pouvoir de Puccini à entrer, tel un sourcier, en synergie avec la sensibilité du grand public.

Il faut ajouter que le spectaculaire auquel Puccini visait ne pouvait, avec le théâtre, que se trouver dans une boîte trop étroite et contraignante. En ce sens, le déploiement hypertrophié des lignes vocales, l'usage sans discrimination de l'arme des aigus, et l'extrême richesse de l'orchestre, souvent redondante et tautologique, apparaissent comme les nécessaires remèdes aux lacunes congénitales du théâtre. Après coup — avec, dans les yeux, le cinéma —, il est assez compréhensible qu'en l'absence de cette arme qu'est le premier plan, on soit obligé de recourir aux aigus. Et qu'il faille, puisqu'on ne peut pas jouer sur la diversité des prises de vues ou sur les rythmes du montage, se servir de l'orchestre comme d'un œil ou d'un pendule pour tout ce qui arrive sur la scène. Le spectaculaire que Puccini recherchait supposait déjà une signalétique forte — un guide du consommateur — très proche de celle qui ne pourra être véritablement instituée que par le cinéma : un système qui assure au spectateur une passivité bien plus grande que par le passé. Là encore, Puccini devinait une des tendances de la modernité : fabriquer des produits dans lesquels le temps de décodage soit réduit au minimum, et qui puissent être consommés de la façon la plus immédiate et la plus large possible. On peut discuter des dangers impliqués par de telles dynamiques : mais il est certain que c'est dans cette direction que la modernité regardait. Pour Puccini, la difficulté était de s'aventurer sur ces chemins sans autre aide que celle des armes de la musique. Qu'il ait été amené à un usage exaspéré de l'effet musical est un fait qui, quelque opinion qu'on en ait, ne doit pas être considéré isolément mais comme un élément parmi d'autres d'une conception bien précise du spectaculaire.

C'est à travers cette conception — imaginée, mais en partie seulement mise en œuvre — que Puccini a pressenti la modernité. La différence avec l'approche des avant-gardes est évidente, abyssale.

Pour les avant-gardes, la rencontre avec la modernité se résout presque intégralement dans un problème de langage. Pour Puccini, et cela est significatif, le problème de la langue est accessoire. Non pas absent, mais inessentiel. Les avant-gardes cherchaient un langage nouveau capable de dire le moderne : Puccini cherchait, avant tout, une nouvelle conception du spectacle qui rende justice à la modernité. Et, dans cette recherche, les limites de la langue disponible ne se posèrent jamais comme un problème insurmontable. C'est peut-être seulement face au *duetto* qui devait terminer *Turandot* que Puccini se sentit, dans cette langue-là, comme en prison. Il n'est pas indifférent qu'il ne soit jamais parvenu à l'écrire.

3

Les symphonies de Mahler sont la chronique spectaculaire d'une invasion. Elles sont le procès-verbal d'une catastrophe salvatrice. Le diagramme d'une explosion. L'âcre parfum de la modernité s'y diffuse.

Il faut s'imaginer la symphonie classique — celle qui va du dernier Mozart jusqu'à Brahms — comme une citadelle fortifiée. Une puissance autonome, bâtie selon un ordre qui lui est propre, et bétonnée par ses propres lois. Un microcosme à elle seule, et parfait, dans lequel le XIXe siècle reproduisait ce qu'il entendait trouver dans la réalité comme ordre et comme système.

Et il faut imaginer, au-dehors, l'univers, qui, secoué par le pressentiment de quelque catastrophe, fait pression autour des remparts. Le répertoire chaotique du monde extérieur assiège la citadelle protégée.

Il faut imaginer l'instant où quelqu'un ouvrit les portes. Et, aussitôt après, le spectacle d'une citadelle qui devient métropole, d'un ordre qui se défait en mille microsystèmes, d'un espace clos qui devient ouverture sans limites. Ce spectacle est l'essence même des symphonies de Mahler.

La symphonie classique fonctionnait selon un système rigoureux, autojustificateur et fermé. Son devenir était lié à un matériau de départ en lui-même relativement restreint, qui fonctionnait suivant les lignes dictées par la logique musicale, vagabondant dans des espaces limitrophes, pour revenir ensuite à lui-même. Aussi varié et riche en images que pût être le chemin, sa structure était fondamentalement contrôlée : rien ne tombait à l'extérieur du cercle tracé par la logique musicale. La musique était sa propre loi et sa propre frontière.

Mahler ne fit pas que dissoudre, simplement, cet ordre. Il le soumit très exactement à l'incursion d'éléments extérieurs. Il en ouvrit la trame à l'invasion d'un répertoire d'objets musicaux étrangers à son cadre. Le cheminement logique déductif du discours musical est bouleversé par l'incessante intrusion de fragments indépendants, et clandestins. La friction qui se crée entre l'ordre théorique originel et les nouveaux sujets musicaux qui le subvertissent forme le noyau brûlant autour duquel l'œuvre se solidifie. Les critiques ont souvent décrit cette friction comme la résolution d'une dialectique, amenant à voir Mahler comme l'artisan capable d'ouvrir les structures de la symphonie, d'accueillir l'invasion des forces extérieures et de refermer ensuite le tout, en trouvant un nouvel ordre supérieur encore justifiable par une certaine logique musicale. Vraies ou fausses, les lectures de ce genre souffrent de ce préjugé inutile qui veut relier la valeur d'une œuvre à sa capacité d'organiser son matériau à l'intérieur d'une unité. De fait, les symphonies mahlériennes sont d'autant plus fascinantes qu'elles montrent des failles dans le travail de cicatrisation des blessures qu'elles-mêmes ont ouvertes. Leur aspect prophétique réside dans leur force à ouvrir le tissu compact du discours musical à ce qui est *différent*. Ce qu'il y a de génial en elles vient de ce qu'elles s'offrent comme des carrefours qui sont traversés d'événements sonores. Qu'elles réussissent ou non, ensuite, à contrôler ce trafic dans le cadre rassurant d'un ordre formel est un fait relativement peu important : il brille de cette belle inutilité qui caractérise, au théâtre, le rituel de la fin heureuse.

Le répertoire des éléments extérieurs qui pénètrent le tissu musical mahlérien est très composite : les figures les plus reconnaissables évoquent des refrains populaires, des chansonnettes triviales, mélodies enfantines, pas de danse, fanfares, chœurs. Mais sous ces figures plus ou moins canoniques fourmillent en une sorte d'immigration clandestine les fragments sonores, les tics instrumentaux, les dissymétries de rythme. Comme l'accumulation chaotique, dans une habitation provisoire, des bribes d'une humanité en fuite.

Ce qu'il faut bien voir, c'est que même lorsque ces bribes s'inscrivent dans le frêle dessin d'une valse ou la cohésion solennelle d'une fanfare militaire, elles restent, dans leur essence, des fragments en perdition : les débris d'une explosion. La symphonie chez Mahler travaille sur un matériau illégitime, imparfait, et quelquefois résolument vulgaire. Elle laisse la corruption s'infiltrer entre les mailles du tissu. C'est un geste par lequel commence de vaciller la ligne de démarcation entre le produit artistique et l'objet musical pur et simple. Le phénomène qui apparaît est le même déjà vu en action chez Puccini : l'œuvre enjambe toutes les frontières et se place au-delà, où les anciennes hiérarchies de la consommation musicale deviennent inessentielles. C'est un passage que la critique souvent préfère nier : craignant d'égarer Mahler par-delà les frontières rassurantes de la musique cultivée, elle préfère voir en lui la capacité de racheter l'imperfection de tout matériau sonore en le projetant sur l'orbite d'une aspiration musicale et morale supérieure. Ce parti rend peut-être justice à certains passages des symphonies mahlériennes. Mais il oublie ce qui fascine dans tant d'autres de ses pages : celles où, plus distinctement, le processus qu'on a vu ici se mettre en mouvement atteint un achèvement radical et éclatant.

Celles qui délaissent les ornières de la tradition et se déversent dans la modernité.

Une fois les portes de la citadelle ouvertes, Mahler est confronté à l'invasion chaotique d'une vague de sons rescapés et célibataires. La première tentation pouvait être de les recomposer dans l'unité et la stabilité d'une nouvelle forteresse. Et il est vraisemblable que cette ambition, plus ou moins souterraine, parcourt son travail. Mais elle est, constamment, traquée, contredite et suspendue par un autre instinct : celui de l'étonnement. Confronté à cette invasion, Mahler a l'intuition de ce qui crépite en elle de spectaculaire et d'inouï. Et une tentation le saisit : mettre tout cela en scène. Peut-être a-t-il eu aussi l'ambition de *dompter* cette invasion : mais il est certain que le désir, l'instinct de *la raconter*, simplement, l'a constamment emporté. Ce répertoire de matériaux en perdition devient matière première d'une pyrotechnie avant d'être procession grandiose et hypnotisante. Une chose est de se pencher sur eux pour les reconduire à la raison et à l'ordre ; autre chose est d'être fasciné par eux et de tenter de restituer leur potentialité spectaculaire. Et c'est ce que fait Mahler. Ses symphonies deviennent des panneaux grandioses qui resserrent la dimension épique d'un univers sonore dans un brassage fulgurant. Un mouvement presque objectif ne cesse de les emporter toujours plus loin de la logique rigoureuse d'un propos strictement musical. Sous le regard qui cherche à le dire, ce nouvel univers sonore devient légende, engendre des fantômes, produit des images, raconte des histoires. La symphonie mahlérienne entre dans la spirale du spectacle à la puissance deux : *le spectacle du spectacle*. De là s'originent ses excès, son gigantisme, ses redondances rhétoriques.

En se plaçant dans le camp de la *narration*, Mahler rencontre un allié utile : le poème symphonique. Un genre qui s'affirmait alors comme une alternative à la symphonie classique et qui rencontrait la faveur croissante du public. Il incarnait de la manière la plus simple l'idée d'un spectacle symphonique ne reposant pas uniquement sur une logique musicale abstraite et ésotérique mais accueillant un élément de l'extérieur pour diriger son chemin. Le choix de raconter une histoire était une autre rive, extérieure, un autre point d'appui pour un discours musical détaché de la base que constituent les lois formelles théoriques. La référence narrative avait l'avantage d'être plus facilement perceptible, ce qui explique la satisfaction progressive du public : il est plus facile de reconnaître l'instant de la mort du héros que le retour du premier thème de la forme sonate. Surtout, il est plus simple de trouver une raison de s'en émouvoir. Depuis la *Symphonie fantastique* de Berlioz, ce produit symphonique particulier avait mis au point des techniques narratives assez élaborées : c'est vers elles que Mahler se tourne lorsqu'il choisit la voie du spectaculaire et du récit. Ce n'est pas un hasard si ses trois premières symphonies sont, plus ou moins explicitement, « *a programma* ». Ni, d'ailleurs, si elles ne portent pas le nom de poèmes symphoniques. Ce que Mahler avait à l'esprit était quelque chose de beaucoup plus complexe, prégnant et radical. Il ne le savait pas, mais ce qu'il avait à l'esprit, c'était le cinéma.

Le fait que les symphonies de Mahler soient devenues un modèle pour un courant particulier de la musique de film — quand elles ne sont pas devenues, directement, bande sonore — ne manque pas d'agacer les critiques bien-pensants, qui y voient la manifestation d'une descendance illégitime, méprisable, et rien d'autre. Alors qu'il s'agit là d'un indice. Il est l'intuition d'un des mécanismes, nombreux, du spectaculaire chez Mahler : la capacité à faire reculer la musique au rang de toile de fond, de scénographie, de commentaire. C'est un trait qui pourrait paraître rétrograde, et qui l'est, d'ailleurs, pris isolément. Mais il faut bien voir que ce mouvement, combiné avec d'autres, permet de donner à la scène sonore une profondeur et une pluralité de niveaux jamais expérimentées jusque-là. Par cette rétrogradation, la musique de Mahler taille une grande brèche dans le fond de scène et ouvre physiquement devant elle un vide qui attend et accepte d'autres sujets musicaux. Parfois, dans ce vide, prennent place des objets sonores particuliers : ce sont les pages où la musique de Mahler se livre à l'acrobatie magnifique d'être elle-même sa propre bande-son. D'autres fois, ce vide demeure, musicalement, un vide : en rétrocédant au rang de bande sonore, la musique mahlérienne, alors, précipite sur la scène des fantômes d'histoire, des lueurs d'images : un matériau non sonore. On peut prendre comme prototype de ce mécanisme les premières mesures de ce qui sera la symphonie mahlérienne : le début de la *Première Symphonie*. Ce qui se produit là, au niveau sonore, n'est que toile de fond, garniture, décor. L'instinct, en écoutant ces notes, serait de se retourner pour voir ce qui se passe, ou va se passer. Irrésistiblement, on a tendance à attendre l'entrée du véritable protagoniste du spectacle. Même le surgissement, à la fin, du premier thème, ne fait pas disparaître la sensation que ce protagoniste est toujours là, dans les limbes de l'imagination. Ce qui se vit, c'est un type inhabituel de spectacle, en un certain sens inachevé. Si on voulait lui donner un nom, ce qui viendrait aux lèvres serait : cinéma aveugle.

Cette percée pratiquée dans la scène sonore, Mahler la multiplie et la développe dans toutes les directions, jusqu'à abattre tous les murs et obtenir une scène théorique et infinie, qui est équivalente en tout point à ce que sera le plateau de cinéma : un espace hypothétique construit sur une infinité de visions partielles correspondant aux différentes prises de vues. Ce que le cinéma réalisera à travers le choix des angles de vues et la technique du montage, Mahler l'obtient par le matériau thématique mais aussi par l'utilisation de la palette de l'orchestre, enrichie à l'extrême. Chaque figure sonore, matérialisée par un timbre donné, devient à la fois personnage, et prise de vue de ce personnage. Premiers plans, contrechamps, panoramiques : chaque fois l'écriture mahlérienne désigne en même temps un personnage et la façon de le regarder, en le plaçant à un point précis d'un décor grandiose qui joue sur différents plans, qui intègre aussi bien des espaces proches et sans issue que des lointains poétiques, des contre-jours comme des fondus-enchaînés. Ce qui disparaît, ou presque, dans le néant, c'est la régulation par une quelconque logique musicale : même lorsque survit le squelette de la forme sonate, le spectacle fonctionne par séquences presque uniquement visuelles et, en tout cas, narratives. Il s'agit à proprement parler de montage ; qui, par rapport au montage cinématographique, possède une arme supplémentaire : la possibilité de monter simultanément des scènes différentes, ou même contradictoires. Des bouffées de valses nostalgiques et des vagues de fanfares apocalyptiques sont là en même temps sur la scène, occupant des lieux différents du plateau imaginaire mais devenant éléments de la mosaïque d'un même spectacle. C'est la logique du travail de montage qui permet d'expliquer certains traits qui, dans une logique strictement musicale, paraissent privés de sens. L'exemple le plus probant est celui des clairières au milieu desquelles fréquemment Mahler arrête le discours musical, en le laissant dans le calme plat d'une apparente et fatigante non-créativité. De longs passages à vide, dans lesquels la musique semble tourner sur elle-même, sans savoir où aller ; des temps d'hésitation prolongée qui concourent très fortement au gigantisme final de ces symphonies et qui, sous l'angle strictement musical, ne peuvent apparaître que comme des redondances égarées là, ou comme des concessions inacceptables à une composition narcissique. Mais, s'ils sont lus dans la logique d'un montage narratif, ils révèlent bien autre chose : ce qu'ils cherchent à créer, en un certain sens, c'est précisément ce qui, pour la musique, est impossible : l'immobilité. Mahler était à la recherche du charisme de la prise de vues fixe et muette. Mais la musique ne crée le sortilège du silence et de l'immobilité qu'à la condition de se nier elle-même : ce geste inévitable d'autodestruction, Mahler a essayé de le rendre le moins douloureux possible.

Tout cela montre un système de représentation et un modèle de spectacle très différents de ceux qui étaient proposés par la symphonie classique, et plus généralement par la musique cultivée. Il est important de souligner qu'ils demandent au spectateur un type d'attitude, de décodage, de consommation, très proche de ce que lui demande le cinéma. Les symphonies de Mahler sont d'ailleurs beaucoup plus accessibles au public d'aujourd'hui qu'à celui qui les a vues naître : le spectateur moderne a appris avec le cinéma la logique qui les structure. Le public mahlérien n'a commencé d'exister comme grand public qu'avec l'après-guerre : il n'est pas excessivement risqué d'affirmer que c'est Hollywood qui, sans le vouloir, l'a constitué. C'est aussi pourquoi ce public est essentiellement « populaire » : non tant dans son statut social que dans ses goûts : un public largement inconscient des alchimies qui construisent l'écriture mahlérienne mais qui est tout prêt à s'étourdir au spectacle de ses *thrillers* sonores, de ses cascades de décibels et de ses généreuses embardées rhétoriques. Et parce que, à côté de ce public, survit une minorité plus consciente d'auditeurs, appréciant encore, dans cette musique, le travail éclairé et extrême sur les formes et les langages de la tradition, le public de Mahler devient le reflet sociologique exact du caractère amphibie de cette musique : qui fut, dans le même geste, l'ultime ramification d'un passé héroïque, et l'inauguration d'un futur rigoureusement différent.

Rattacher Mahler au cinéma est, sur le plan historique, un paradoxe : mais c'est un paradoxe utile. Il aide à comprendre comment la nécessité instinctive de faire sienne la nouveauté du moderne a pu, dans son travail symphonique, passer d'abord et avant tout par la recherche d'une forme de spectacle différente et révolutionnaire. On ne peut qu'être surpris de l'exactitude avec laquelle ces symphonies annoncent les mécanismes spectaculaires qui seront ceux de la forme d'expression la plus appropriée au public de la modernité. Comme il est impossible de ne pas être fasciné par sa tentative de les construire à partir du matériau sonore et du langage de la tradition. Là encore, le centre de gravité de ce mouvement vers l'avant tombe ailleurs que dans un travail linguistique pur et simple. Le langage mahlérien reste essentiellement à l'intérieur des frontières de la musique tonale : l'urgence d'ouvrir ces frontières passe au second plan, devant celle d'ouvrir les limites de l'idée d'*opéra*, de *spectacle*. Le passage, strictement linguistique, que les avant-gardes allaient désigner comme la voie d'accès inévitable à la modernité, est délaissé ici pour une route différente. Se référer au cinéma permet de la déchiffrer, de la faire échapper à cette censure qu'est l'oubli dans lequel l'ont fait s'engloutir la pratique et l'idéologie de la musique contemporaine.

4

Quoique de manière différente, et au sein de traditions différentes, Puccini et Mahler ont été traversés plus ou moins consciemment par l'intuition que la modernité imposerait, avant tout, une révision draconienne de l'idée de *spectaculaire* Leur musique — et, plus encore, la conception du mélodrame ou de la symphonie autour de laquelle elle travaillait — nous apparaît aujourd'hui comme la captivante tentative d'anticiper sur cette révision, avec peut-être l'ambition souterraine de gérer cette transformation profonde, pour sauver ce qui peut l'être. Le délitement puccinien du mélodrame par une idée de la consommation musicale proche de celle qui caractérisera plus tard la musique légère, et l'expérimentation mahlérienne de formes de représentation très semblables à celles qu'adoptera ensuite le cinéma, montrent la précision radiesthésique de cette direction de recherche. Il n'est pas inutile de noter, par ailleurs, que dans l'un et l'autre cas cette approche de la dimension spectaculaire du moderne n'est pas allée sans une sorte de régression, de vulgarisation du produit artistique. Chez Puccini comme chez Mahler, le seuil de la rigueur s'abaisse, et de vastes espaces sont accordés au *kitsch* de la mise en scène, qui ne craint ni les rhétoriques redondantes, ni l'astuce des effets spéciaux, ni les systèmes élémentaires de signification. Une forme de complicité, *ante litteram*, avec l'involution inexorable et incontestable du public de la modernité. Aussi blâmables qu'on puisse juger les résultats, il restait pourtant, dans cette régression, une intuition exacte : celle que la musique, si elle était encore porteuse d'une force de vérité qui lui fût propre, devait cependant la libérer en acceptant le pacte avec des modes et des langages traversés par l'inauthentique. Un difficile exercice d'équilibre. Que Puccini et Mahler soient aujourd'hui, précisément, les territoires privilégiés d'une consommation musicale superficielle, gastronomique et abêtissante, montre bien que l'exécution et l'écoute, telles qu'elles ont été pratiquées, n'ont pas su, au fil du temps, les préserver du glissement dans le produit commercial pur et simple. Ce qui devrait dissuader de toute tentation de les prendre comme modèles directs : un tel geste ne mènerait pas loin, et livrerait probablement au vide créatif et au superficiel.

Ce qui reste en eux comme héritage à ne pas perdre, c'est pourtant le noyau idéal de leur travail : la préservation de l'idée du spectaculaire, et la volonté de le défendre du moderne et de le remodeler sur lui. Dans la musique cultivée, le *spectaculaire* est une catégorie négligée, diabolisée et oubliée. Elle sert tout au plus dans un sens péjoratif, pour souligner les concessions les plus douteuses faites à la rhétorique ou aux simples effets. Et pourtant, dans son acception primaire et noble, elle reste au cœur de la créativité musicale. L'histoire de la musique est d'abord et avant tout l'histoire d'une recherche sans fin de spectaculaire. L'émotion et la surprise : pas une seule marche, dans l'aventure de la musique cultivée, qui n'ait été gravie dans le but de créer d'abord ces deux sortilèges. On préfère aujourd'hui décrire cette aventure comme une succession de belles âmes cherchant à exprimer des idéaux élevés, ou de cerveaux de laboratoire occupés à la déclinaison d'un progrès scientifique du langage. Mais c'est prendre les moyens pour les fins. L'objectif premier a toujours été de créer des objets de fascination : s'accrocher aux références spirituelles et à leur force idéale, ou affiner des règles linguistiques capables de créer la surprise, étaient, dans cet art, des outils : ce n'était pas le but principal. Depuis les avant-gardes — et au nom, précisément, de la modernité — cette relation a été strictement renversée : l'expérimentation linguistique et l'expression de contenus idéaux élevés sont devenues le but, sans médiation, de la créativité musicale : le spectaculaire a tout simplement été abrogé, évacué comme un véhicule d'inauthenticité et de corruption. Et la musique cultivée a été ainsi entraînée bien loin de ce qui était une de ses racines les plus profondes et les plus authentiques : le cœur même de sa réalité.

Puccini et Mahler se tiennent là, au seuil de la modernité, suggérant que cette déchirure aurait pu et aurait dû être évitée. Ils sont là pour indiquer des routes possibles pour faire entrer la musique dans la modernité sans la couper de sa racine d'objet de fascination : de son origine de pur *spectacle*. On peut trouver discutable, voire négatif, le résultat auquel ils sont parvenus, sur ce trajet de recherche. Mais l'important n'est pas là : ce qui reste de leur travail, comme un héritage qui n'a pas de prix et qu'il faut recueillir, ce ne sont pas les réponses qu'ils ont données mais la question qu'ils ont pointée. Une interrogation qui, d'une certaine manière, « enjambe » toute l'expérience des avant-gardes et qui se représente, aujourd'hui, dans les mêmes termes qu'alors : peut-on élaborer une notion du *spectaculaire* qui décline le moderne et puisse en même temps résister à la spectacularisation indifférenciée à travers laquelle ce moderne lui-même s'élabore ? Le problème est de revenir au cœur de *ce temps-ci* sans laisser perdre une diversité seule capable de générer une *présence* vraie et intense, et non un simple enrôlement. Vivre la modernité et lui résister. La construire et non pas simplement la consommer. Autrefois, le charisme et la rébellion attachés à cette présence-là étaient le signe de reconnaissance, exclusif, de ce qu'on appelait l'*art*. Mais mille indices — dont ceux que les travaux de Puccini et de Mahler ont semés derrière eux — font penser que la modernité a défait cette belle équation. Ou, plus exactement : qu'elle a défait la notion même d'art. Peut-être, aujourd'hui, ce qui était concentré dans ce terme s'inscrit-il dans l'anomalie de produits de consommation qui se crispent, à l'ombre d'un regard particulier et dans le temps impossible à mesurer d'une attente patiente, en idéogrammes énonçant leur propre temps. Écriture née pour être brûlée en un instant, et qui est devenue indélébile. Rien n'est aussi loin d'un tel horizon que penser, purement et simplement, *faire une œuvre d'art* : une ambition qui, dans la modernité, a presque des accents comiques. Les œuvres d'art ne se font pas. Elles adviennent. L'espace qui pourrait les recevoir est celui, imaginaire, que les objets de désir tracent autour d'eux dans leur rituel de séduction à l'intérieur de leur propre monde. La liturgie de ce rite est ce que le terme de *spectaculaire* concentre et renvoie. Le recueillir est le seul geste, probablement, qui puisse rendre la musique de notre temps au temps qui est le nôtre.

Note introductive   11

1. L'idée de musique cultivée   17
2. L'interprétation   35
3. La Nouvelle Musique   61
4. Le spectaculaire   97

DU MÊME AUTEUR

Aux Éditions Albin Michel

SANS SANG, 2003 (à paraître en Folio)
NEXT, 2002
CITY, 2000 (Folio n° 3571)
L'ÂME DE HEGEL ET LES VACHES DU WISCONSIN, 1999 (Folio n° 4013)
OCÉAN MER, 1998 (Folio n° 3710)
SOIE, 1997 (Folio n° 3570)
CHÂTEAUX DE LA COLÈRE, 1995 (Folio n° 3848)

Aux Éditions Calmann-Lévy

CONSTELLATIONS, 1999 (Folio n° 3660)

Aux Éditions Mille et Une Nuits

NOVECENTO : PIANISTE, 2000 (Folio n° 3634)

COLLECTION FOLIO

Dernières parutions

3786. Serge Brussolo — « *Trajets et itinéraires de l'oubli* ».
3787. James M. Cain — *Faux en écritures.*
3788. Albert Camus — *Jonas ou l'artiste au travail* suivi de *La pierre qui pousse.*
3789. Witold Gombrowicz — *Le festin chez la comtesse Fritouille* et autres nouvelles.
3790. Ernest Hemingway — *L'étrange contrée.*
3791. E. T. A Hoffmann — *Le Vase d'or.*
3792. J. M. G. Le Clezio — *Peuple du ciel* suivi de *Les Bergers.*
3793. Michel de Montaigne — *De la vanité.*
3794. Luigi Pirandello — *Première nuit et autres nouvelles.*
3795. Laure Adler — *À ce soir.*
3796. Martin Amis — *Réussir.*
3797. Martin Amis — *Poupées crevées.*
3798. Pierre Autin-Grenier — *Je ne suis pas un héros.*
3799. Marie Darrieussecq — *Bref séjour chez les vivants.*
3800. Benoît Duteurtre — *Tout doit disparaître.*
3801. Carl Friedman — *Mon père couleur de nuit.*
3802. Witold Gombrowicz — *Souvenirs de Pologne.*
3803. Michel Mohrt — *Les Nomades.*
3804. Louis Nucéra — *Les Contes du Lapin Agile.*
3805. Shan Sa — *La joueuse de go.*
3806. Philippe Sollers — *Éloge de l'infini.*
3807. Paule Constant — *Un monde à l'usage des Demoiselles.*
3808. Honoré de Balzac — *Un début dans la vie.*
3809. Christian Bobin — *Ressusciter.*
3810. Christian Bobin — *La lumière du monde.*
3811. Pierre Bordage — *L'Évangile du Serpent.*
3812. Raphaël Confiant — *Brin d'amour.*
3813. Guy Goffette — *Un été autour du cou.*

3814.	Mary Gordon	*La petite mort.*
3815.	Angela Huth	*Folle passion.*
3816.	Régis Jauffret	*Promenade.*
3817.	Jean d'Ormesson	*Voyez comme on danse.*
3818.	Marina Picasso	*Grand-père.*
3819.	Alix de Saint-André	*Papa est au Panthéon.*
3820.	Urs Widmer	*L'homme que ma mère a aimé.*
3821.	George Eliot	*Le Moulin sur la Floss.*
3822.	Jérôme Garcin	*Perspectives cavalières.*
3823.	Frédéric Beigbeder	*Dernier inventaire avant liquidation.*
3824.	Hector Bianciotti	*Une passion en toutes Lettres.*
3825.	Maxim Biller	*24 heures dans la vie de Mordechaï Wind.*
3826.	Philippe Delerm	*La cinquième saison.*
3827.	Hervé Guibert	*Le mausolée des amants.*
3828.	Jhumpa Lahiri	*L'interprète des maladies.*
3829.	Albert Memmi	*Portrait d'un Juif.*
3830.	Arto Paasilinna	*La douce empoisonneuse.*
3831.	Pierre Pelot	*Ceux qui parlent au bord de la pierre (Sous le vent du monde, V).*
3832.	W.G Sebald	*Les émigrants.*
3833.	W.G Sebald	*Les Anneaux de Saturne.*
3834.	Junichirô Tanizaki	*La clef.*
3835.	Cardinal de Retz	*Mémoires.*
3836.	Driss Chraïbi	*Le Monde à côté.*
3837.	Maryse Condé	*La Belle Créole.*
3838.	Michel del Castillo	*Les étoiles froides.*
3839.	Aïssa Lached-Boukachache	*Plaidoyer pour les justes.*
3840.	Orhan Pamuk	*Mon nom est Rouge.*
3841.	Edwy Plenel	*Secrets de jeunesse.*
3842.	W. G. Sebald	*Vertiges.*
3843.	Lucienne Sinzelle	*Mon Malagar.*
3844.	Zadie Smith	*Sourires de loup.*
3845.	Philippe Sollers	*Mystérieux Mozart.*
3846.	Julie Wolkenstein	*Colloque sentimental.*
3847.	Anton Tchékhov	*La Steppe. Salle 6. L'Évêque.*
3848.	Alessandro Baricco	*Châteaux de la colère.*
3849.	Pietro Citati	*Portraits de femmes.*

3850. Collectif	*Les Nouveaux Puritains.*
3851. Maurice G. Dantec	*Laboratoire de catastrophe générale.*
3852. Bo Fowler	*Scepticisme & Cie.*
3853. Ernest Hemingway	*Le jardin d'Éden.*
3854. Philippe Labro	*Je connais gens de toutes sortes.*
3855. Jean-Marie Laclavetine	*Le pouvoir des fleurs.*
3856. Adrian C. Louis	*Indiens de tout poil et autres créatures.*
3857. Henri Pourrat	*Le Trésor des contes.*
3858. Lao She	*L'enfant du Nouvel An.*
3859. Montesquieu	*Lettres Persanes.*
3860. André Beucler	*Gueule d'Amour.*
3861. Pierre Bordage	*L'Évangile du Serpent.*
3862. Edgar Allan Poe	*Aventure sans pareille d'un certain Hans Pfaal.*
3863. Georges Simenon	*L'énigme de la Marie-Galante.*
3864. Collectif	*Il pleut des étoiles...*
3865. Martin Amis	*L'état de L'Angleterre.*
3866. Larry Brown	*92 jours.*
3867. Shûsaku Endô	*Le dernier souper.*
3868. Cesare Pavese	*Terre d'exil.*
3869. Bernhard Schlink	*La circoncision.*
3870. Voltaire	*Traité sur la Tolérance.*
3871. Isaac B. Singer	*La destruction de Kreshev.*
3872. L'Arioste	*Roland furieux I.*
3873. L'Arioste	*Roland furieux II.*
3874. Tonino Benacquista	*Quelqu'un d'autre.*
3875. Joseph Connolly	*Drôle de bazar.*
3876. William Faulkner	*Le docteur Martino.*
3877. Luc Lang	*Les Indien*s.
3878. Ian McEwan	*Un bonheur de rencontre.*
3879. Pier Paolo Pasolini	*Actes impurs.*
3880. Patrice Robin	*Les muscles.*
3881. José Miguel Roig	*Souviens-toi, Schopenhauer.*
3882. José Sarney	*Saraminda.*
3883. Gilbert Sinoué	*À mon fils à l'aube du troisième millénaire.*
3884. Hitonari Tsuji	*La lumière du détroit.*
3885. Maupassant	*Le Père Milon.*

3886.	Alexandre Jardin	*Mademoiselle Liberté.*
3887.	Daniel Prévost	*Coco belles-nattes.*
3888.	François Bott	*Radiguet. L'enfant avec une canne.*
3889.	Voltaire	*Candide ou l'Optimisme.*
3890.	Robert L. Stevenson	*L'Étrange Cas du docteur Jekyll et de M. Hyde.*
3891.	Daniel Boulanger	*Talbard.*
3892.	Carlos Fuentes	*Les années avec Laura Díaz.*
3894.	André Dhôtel	*Idylles.*
3895.	André Dhôtel	*L'azur.*
3896.	Ponfilly	*Scoops.*
3897.	Tchinguiz Aïtmatov	*Djamilia.*
3898.	Julian Barnes	*Dix ans après.*
3899.	Michel Braudeau	*L'interprétation des singes.*
3900.	Catherine Cusset	*À vous.*
3901.	Benoît Duteurtre	*Le voyage en France.*
3902.	Annie Ernaux	*L'occupation.*
3903.	Romain Gary	*Pour Sgnanarelle.*
3904.	Jack Kerouac	*Vraie blonde, et autres.*
3905.	Richard Millet	*La voix d'alto.*
3906.	Jean-Christophe Rufin	*Rouge Brésil.*
3907.	Lian Hearn	*Le silence du rossignol.*
3908.	Kaplan	*Intelligence.*
3909.	Ahmed Abodehman	*La ceinture.*
3910.	Jules Barbey d'Aurevilly	*Les diaboliques.*
3911.	George Sand	*Lélia.*
3912.	Amélie de Bourbon Parme	*Le sacre de Louis XVII.*
3913.	Erri de Luca	*Montedidio.*
3914.	Chloé Delaume	*Le cri du sablier.*
3915.	Chloé Delaume	*Les mouflettes d'Atropos.*
3916.	Michel Déon	*Taisez-vous... J'entends venir un ange.*
3917.	Pierre Guyotat	*Vivre.*
3918.	Paula Jacques	*Gilda Stambouli souffre et se plaint.*
3919.	Jacques Rivière	*Une amitié d'autrefois.*
3920.	Patrick McGrath	*Martha Peake.*
3921.	Ludmila Oulitskaia	*Un si bel amour.*
3922.	J.-B. Pontalis	*En marge des jours.*

3923.	Denis Tillinac	*En désespoir de causes.*
3924.	Jerome Charyn	*Rue du Petit-Ange.*
3925.	Stendhal	*La Chartreuse de Parme.*
3926.	Raymond Chandler	*Un mordu.*
3927.	Collectif	*Des mots à la bouche.*
3928.	Carlos Fuentes	*Apollon et les putains.*
3929.	Henry Miller	*Plongée dans la vie nocturne.*
3930.	Vladimir Nabokov	*La Vénitienne* précédé d'*Un coup d'aile.*
3931.	Ryûnosuke Akutagawa	*Rashômon et autres contes.*
3932.	Jean-Paul Sartre	*L'enfance d'un chef.*
3933.	Sénèque	*De la constance du sage.*
3934.	Robert Louis Stevenson	*Le club du suicide.*
3935.	Edith Wharton	*Les lettres.*
3936.	Joe Haldeman	*Les deux morts de John Speidel.*
3937.	Roger Martin du Gard	*Les Thibault I.*
3938.	Roger Martin du Gard	*Les Thibault II.*
3939.	François Armanet	*La bande du drugstore.*
3940.	Roger Martin du Gard	*Les Thibault III.*
3941.	Pierre Assouline	*Le fleuve Combelle.*
3942.	Patrick Chamoiseau	*Biblique des derniers gestes.*
3943.	Tracy Chevalier	*Le récital des anges.*
3944.	Jeanne Cressanges	*Les ailes d'Isis.*
3945.	Alain Finkielkraut	*L'imparfait du présent.*
3946.	Alona Kimhi	*Suzanne la pleureuse.*
3947.	Dominique Rolin	*Le futur immédiat.*
3948.	Philip Roth	*J'ai épousé un communiste.*
3949.	Juan Rulfo	*Llano en flammes.*
3950.	Martin Winckler	*Légendes.*
3951.	Fédor Dostoievski	*Humiliés et offensés.*
3952.	Alexandre Dumas	*Le Capitaine Pamphile.*
3953.	André Dhôtel	*La tribu Bécaille.*
3954.	André Dhôtel	*L'honorable Monsieur Jacques.*
3955.	Diane de Margerie	*Dans la spirale.*
3956.	Serge Doubrovski	*Le livre brisé.*
3957.	La Bible	*Genèse.*
3958.	La Bible	*Exode.*
3959.	La Bible	*Lévitique-Nombres.*
3960.	La Bible	*Samuel.*

Composition Nord Compo.
Impression Société Nouvelle Firmin-Didot
à Mesnil-sur-l'Estrée, le 8 mars 2004.
Dépôt légal : mars 2004.
Numéro d'imprimeur : 67525.
ISBN 2-07-042945-8/Imprimé en France.